37. Recklinghäuser Literaturnacht der

Autoren und Autorennen

Literaturnacht 2024

NEUE
LITERARISCHE GESELLSCHAFT
RECKLINGHAUSEN

37. Recklinghäuser Literaturnacht
16. November 2024

Die Deutsche Nationalbibliothek verzeichnet diese Publikation in der Deutschen Nationalbibliografie; detaillierte bibliografische Daten sind im Internet über dnb.dnb.de abrufbar.

37. Recklinghäuser Literaturnacht der Autoren und Autorinnen 2024 (vormals «Autorennacht»)
Herausgeber: NLGR e. V. - Neue Literarische Gesellschaft Recklinghausen e. V.
www.nlgr.de
© 2024 der vorliegenden Ausgabe: NLGR e. V.
© 2024 Die Rechte der Texte liegen bei den jeweiligen Autorinnen und Autoren. Alle Rechte vorbehalten.
Satz und Umschlag: Ralf Kropla
Umschlagbild: © Lotte Füllgrabe-Pütz
Verlag: BoD · Books on Demand GmbH,
In de Tarpen 42, 22848 Norderstedt
Druck: Libri Plureos GmbH, Friedensallee 273, 22763 Hamburg
ISBN: 978-3-7583-4006-2
Auch als E-Book erhältlich

Autorinnen- und Autorenwettbewerb

der Neuen Literarischen

Gesellschaft Recklinghausen e. V.

Texte der Endrunde
und der Longlist

Die 37. Recklinghäuser Literaturnacht

Liebe Leserin, lieber Leser,

hiermit halten Sie die Beiträge in Händen, die es beim Schreibwettbewerb zur 37. Vestischen Literatur-Eule, dem «Literaturnacht-Preis der Sparkasse Vest Recklinghausen» 2024 in die Endrunde bzw. auf die Longlist geschafft haben. Wir gratulieren an dieser Stelle schon einmal sehr herzlich zu diesem Erfolg!

In diesem Jahr war der Schreibwettbewerb erneut für Autorinnen und Autoren aus dem Bundesland Nordrhein-Westfalen geöffnet und wurden über 160 Texte eingereicht.

Zum Zeitpunkt der Drucklegung dieses Textbandes standen die Kurzgeschichten und Gedichte fest, die von der Jury für die Longlist und für die Abschlussveranstaltung ausgewählt wurden, nicht aber, welche Autorin bzw. welcher Autor am Ende den Jurypreis, den »Literaturnacht-Preis der Sparkasse Vest«, erhalten wird.

Wir möchten folgenden Personen und Institutionen ganz herzlich für ihre Arbeit und Unterstützung danken:

- den Jurymitgliedern der 37. Recklinghäuser Literaturnacht: *Joachim Feldmann, Stephan Schröder, Ute Thiel, Monika Wischnowski* und *Anne Arning* (als Siegerin des Vorjahres),
- der Sparkasse Vest Recklinghausen für ihre finanzielle Unterstützung,
- *Lotte Füllgrabe-Pütz* für die Eulen-Skulptur,
- allen Mitwirkenden der Neuen Literarischen Gesellschaft Recklinghausen und der Altstadtschmiede Recklinghausen für ihren organisatorischen Einsatz
- und nicht zuletzt den Autorinnen und Autoren, die ihre Texte eingereicht haben und somit die Literaturnacht überhaupt erst möglich machen!

Herzliche Grüße,

Stephan Schröder
(Vorsitzender der NLGR)

Die Texte der

37. Recklinghäuser

Literaturnacht 2024

Inhaltsverzeichnis

Marlies Blauth
Prinzessin Rana probiert Fliegensuppe
oder: Froschkönig reloaded   15

Jürgen Flüchter
Die Stiege   21

Ira Freyaldenhoven
Anders sein   27

Der Überfall   31

Markus Jöhring
Der Traum dachte, er sei ein Pferd   37

Lydia Koelle
Deine Winterreise   43

Evelyn Langhans
Baraa und ich   47

Anja Liedtke
Wo Birken wachsen auf Gebäuden   53

Kerstin Liemann
Umweggefährten   61

Jochen Mariss
Die Linie   67

Kerstin Nethövel
Sommer vorm Balkon   73

Edith Niedieck
Die Fremde   79

Fanie Oakley
Wind of Change   85

Sarah Roguschke
Irrlichter und Fixsterne   91

Sigune Schnabel
Heranwachsen geht nur auf Umwegen   97

Katrin Schön
Reisegenuss   103

Heiner Schröder
Des Boomerbuben Wunderborn: Abschweifungen
trostpflastern seinen Weg. Eine Kuriose   109

Franziska Thiel
Verborgene Erinnerungen   117

Brigitte Vollenberg
Ein Kühlschrank steht im Walde
ganz still und stumm   123

Detlef Wendt
Ohne Umweg nach Herten   129

Über die Autorinnen und Autoren   136

Marlies Blauth

Prinzessin Rana probiert Fliegensuppe
oder: Froschkönig reloaded

Prinzessin Rana ist in Wirklichkeit überhaupt keine Prinzessin. Aber davon will sie nichts wissen.

Als sie geboren wurde, sollte es die ganze Welt erfahren:
Platz da, jetzt komm ich! Prinzessin Rana Janina Nadina is born – so textete ihr Vater.
Und darüber war eine riesige goldene Krone zu sehen.

Eine Prinzessin, meinte der Vater, braucht natürlich auch einen Palast. So ließ er ihr ein Kinderzimmer einrichten, über zwei Etagen, ein Traum in Rosa, mit perlmuttfarbenen Treppenstufen und einem neonpink leuchtenden Geländer. Über dem Eingang hängt natürlich wieder die große goldene Krone, damit jeder sieht: Hier wohnt eine Prinzessin.
So ist es bis heute geblieben. In der Nacht schlummert Rana auf ihren rosa Wolkenkissen, am Tage liebt sie es, auf ihrem reich verzierten Thron zu sitzen und zu befehlen. Die alles beherrschende Frage ist, was es zu essen geben soll und was verboten ist. Alles

aus der Natur findet sie ekelhaft, denn es könnte ja schon ein Wurm, eine Schnecke oder eine Fliege darauf gesessen haben. Also isst Rana am liebsten rosa gefärbten Pudding mit Himbeergeschmack, schönbunte Marshmallows oder künstliche Erdbeeren. Da sie nicht weiß, woher die Milch kommt, duldet sie im Übrigen auch Karamelljoghurt, außerdem mag sie gern Wurst, denn niemand hat ihr jemals etwas über die Herstellung von Wurst erzählt. Aber jeden Versuch, ihr Tomaten, Salat oder Äpfel anzubieten, schmettert sie mit dem Hinweis auf Würmer, Schnecken und Fliegen ab. Ihre Mutter macht sich immer wieder große Sorgen, der Vater ist jedoch davon überzeugt, dass eine wahre Prinzessin empfindlich sein muss, er kann sogar eine Geschichte dazu erzählen, die *Die Prinzessin auf der Erbse* lautet. Da steht es doch Schwarz auf Weiß!

Manchmal bekommt Rana zu hören «Du bist keine Prinzessin!», wenn sie beim Mittagessen im Kindergarten wieder einmal ihre Würmer-Schnecken-Fliegen-Sache zum Besten gibt oder sogar auf dem Bobbycar ihre Herrscherinnenpose einnimmt.

Später in der Schule hört sie den Satz auch ganz oft, nämlich dann, wenn sie herumzickt oder mit dem gerade aktuellen Smartphone herumfuchtelt – was eigentlich verboten ist, sie aber nicht kümmert. Ihr Vater sagt schließlich jeden Tag: «Meine Prinzessin». Das gilt.

So wird sie 16 Jahre und weiß immer noch nicht, dass sie eigentlich gar keine Prinzessin ist. Zum Geburtstag bekommt sie ihr siebtes Smartphone geschenkt, diesmal ein glänzend goldenes in einer Hülle mit Glitzerkronen drauf. Hach. So schickt sie ihren WhatsApp-Freundinnen rosa Wolkenbotschaften und eine Einladung zur Poolparty nächsten Samstag.

«Ich gehe noch ein wenig nach draußen», sagt sie zu ihrem Vater. Das erlaubt er ihr nicht gern, aber schließlich ist sie die Prinzessin und er nur ein kleiner Unternehmensberater. Soll sie sich doch in ihrem Reich umschauen, wie es sich gehört.

Ein paar Gehminuten entfernt steht seit ewigen Zeiten ein Brunnen. Er ist alt und hat nichts Goldenes an sich, besteht vielmehr aus halb verwitterten Steinen. So richtig schön sieht er also nicht aus, aber Rana ist von diesem Ort seltsam fasziniert, schon ein paarmal hat sie hier gesessen und erlebt, dass die Ruhe im Baumschatten manchmal schöner ist als die Hektik in Pink zu Hause. Sie schreibt ein paar WhatsApp-Worte in ihr nagelneues Smartphone ... und platsch! fällt es in den Brunnen.

Da ist es aus mit dem schönen ruhigen Platz, es ist plötzlich ein Scheiß-Ort, und überhaupt klappt heute so gar nichts. Da kann man Prinzessin sein oder nicht, sich ungeschickt anzustellen, tut einfach weh. Und andere Mädchen sind auch viel selbstständiger, haben gute Ideen und bekommen nicht jeden Mist von ihren Eltern geschenkt, manche haben sogar schon begonnen, neben der Schule zu jobben.

Rana weint. Immer bitterlicher rinnen ihr die Tränen über das sorgsam geschminkte Gesicht.

Das Leben ist einfach Kacke. Und das neue Handy ist auch weg.

Da hört sie eine Stimme. Ziemlich quakig, aber doch ganz freundlich: «Hallo? Rana? Guck mal, wat ich hier hab!» Rana blickt sich um, keiner da. «Hier! Puh, is dat Dingen schwer. Uff. Hiiiier, Rana!»

Und sie sieht einen dicken, fetten Frosch auf dem Brunnenrand sitzen. «Wie gut, dat et wasserdicht is, dein Geburtstagsgeschenk!». Rana greift nach dem Handy. Obwohl sie es widerlich findet, dass der

Frosch es angefasst hat. Immerhin ist es noch golden, und die angefangene Botschaft steht auch noch drauf. «Rana?» fragt der Frosch enttäuscht, «kannze nich danke sagen? War für mich gezz auch nich so leicht, dat Dings anne Oberfläche zu holen! Und deshalb ...».

«Ach, laber doch, Blödmann», denkt Rana. «Hauptsache, ich hab das goldene Teil zurück».

Als sie geht, ohne sich umzublicken, hört sie im Hintergrund«... deshalb wünsch ich mir, wir kochen zusammen ne lecker Fliegensuppe! In eurer Villa! Und hinterher nimmste mich noch mit ins Bett!»

«Jajaja», schreit Jana und denkt: «Igitt, nee». Schnellsten Schritts geht sie nach Hause.

Dort ist sie heute ganz ungewohnt still und geht allen Fragen möglichst aus dem Weg, die sie gestern noch so würdevoll wie hochnäsig beantwortet hätte. Aber plötzlich fühlt sie sich kleiner als sonst, wie geschrumpft. Von der Angst geschrumpft, das Ekelpaket aus dem Sumpf könnte es tatsächlich ernst meinen.

Und deswegen kann sie auch nicht einschlafen. Die rosa Wolkenkissen drücken auf ihre Seele wie Gewichte. Und unten geht die Türklingel. Da aber nichts weiter passiert, war es wohl nur der Nachbar, vielleicht steht wieder ein Auto vor seiner Einfahrt.

Am nächsten Tag hat Rana schulfrei. Nach einer scheußlichen Nacht fühlt sie sich wie von tausend Rädern plattgefahren. Die Rosafarbtöne ihres Zimmers machen ihr Migräne. Und es schellt wieder an der Haustür.

«Rana?», wird sie gerufen, «hier ist schon wieder dieser Wasserpatscher. Was will der Frosch von dir?»

«Nichts!», will Rana behaupten, aber der Frosch ist schneller: «Ich hab ihr gestern ... reingeplumpst in

den Brunnen ... goldenes Handy. Und ich dachte so ...
Fliegensuppe ... zusammen.»

Die Mutter hat Mühe, ihr Lachen zu unterdrücken.
«Bitte kommen Sie herein! Was man versprochen
hat, muss man auch halten, nicht wahr, Rana?»

Und da sitzt er nun fett und grün mitten auf dem
Küchentisch. «Rana, 'n paar Fliegen für mich!» Rana
ekelt sich. Aber ... ganz so schlimm ist es eigentlich
gar nicht. Der Frosch guckt ja auch ein ganz kleines
bisschen lieb. «Ich würde im Garten suchen», sagt
die Mutter, «hier hast du einen kleinen Topf, und rein
mit den Insekten». Rana sucht den Garten ab und
findet tatsächlich ein paar Fliegen. Sie summen und
brummen unwirsch, denn wer will schon in einen
Kochtopf? «Gezz warste ja mal richtig mutig!» sagt
der Frosch anerkennend.

Er zeigt Rana, wie Fliegensuppe zubereitet wird. Na
gut.

«Aber nu musste auch probieren, allein essen macht
kein' Spaß!»

«Komm, davon stirbste nich'» – und der Frosch hält
ihr einen Löffel hin. Rana versucht es, würgt. Doch
schon der zweite Anlauf gelingt. Die Suppe schmeckt
nach nichts. Der Frosch schlabbert und schlürft
zufrieden.

«Und gezz in dein Bett», quakt er. Rana denkt sich:
«Na, es ist ja groß genug, und außerdem holt meine
Mutter gleich neue Bettwäsche. Also – wenns sein
muss.»

Sie legt sich aufs Bett, steckt ihre Ohrhörer in die
Ohren und hört ihre Musik, während der Frosch sich
räkelt und streckt. Dann plötzlich hüpft er davon, an
der Zimmertür winkt er noch einmal – und ist fort.

Das wars, sagt Rana sich – und sie wird fast ein bisschen traurig, denn eigentlich war der Frosch sogar ganz nett. Immerhin hat sie ihr Smartphone wieder, und wegen ihm war der Tag nicht ganz so langweilig wie sonst.

Rana beschließt, ihr Zimmer grün zu streichen. Selbst. Und endlich diese fürchterliche Krone über der Tür abzureißen.

Am nächsten Tag klingelt es wieder. Sollte es ... der Frosch sein? Rana hüpft neugierig zur Tür.

«Guten Tag, ich bin Daniel, der Sohn von euren neuen Nachbarn. Du bist Rana, ja? Kommst du morgen zur Party? Ich würde mich freuen».

Da sieht sie das Frosch-Tattoo auf seiner Wade. Und seine Augen ... die kommen ihr so bekannt vor. «Gibt's hier in der Nähe eigentlich ein Schwimmbad?», fragt er.

Jürgen Flüchter

Die Stiege

Keiner von den Zeitungsartikeln interessierte ihn. Gerade wollte er das Blatt zusammenfalten, als er die Stimme seiner Frau hinter sich hörte:

«Wäre dieser Schreibwettbewerb nichts für dich?»

Stirnrunzelnd überflog er den Text, in dem ein renommierter Verlag mit Preisgeldern und der Chance auf eine Veröffentlichung der besten Kurzgeschichten lockte. Nichts für ihn. Niemand würde sich für etwas interessieren, das er schrieb. Er drehte sich zu Leonie um, doch sie war bereits gegangen.

Seufzend stemmte er sich mit beiden Händen vom Frühstückstisch hoch. Wenn er rechtzeitig zum Mittagessen wieder da sein wollte, musste er jetzt los. Seit einem Jahr ging er morgens denselben Weg. Vier Straßen, die nahezu ein Quadrat mit einem Umfang von acht Kilometern bildeten. Überwiegend Asphalt. Kein Grün. Heruntergekommene Wohnblocks. Eingezäuntes Brachland. Nicht beliebt bei Gassigehern und Spaziergängern. Bei seinem ersten Spaziergang war er durch den Adenauerpark gelaufen. Prompt wurde er dort von der Mutter eines früheren Schülers in ein Small-Talk-Gespräch verwickelt.

Um halb elf hatte er die Hälfte seines Weges geschafft. Hinter dem leerstehenden grauen Mietblock am Ende der Lohstraße würde er nach links abbiegen. Für einen Moment hielt er inne, um die riesige Schrift an der ihm zugewandten fensterlosen Seite des Hauses zu betrachten. LOST stand dort. Das war gestern noch nicht da gewesen. Die weißen, schwarz umrandeten Buchstaben waren angeordnet wie Treppenstufen, die nach unten führten. Zumindest hatte sich der Sprayer etwas dabei gedacht. Vom ‹T› aus schlängelte sich eine Linie bis zur Ecke des Hauses und wies direkt auf ein Schild mit der Aufschrift *Die Stiege*. Dahinter entdeckte er einen Pfad, der an einem vergammelten Bretterzaun entlangführte. Merkwürdig. Wieso war ihm dieser Weg noch nie aufgefallen? Nun ja, war bestimmt nur eine Sackgasse.

Er ging die wenigen Meter bis zum Ende des Zaunes und betrachtete den schmalen, von dichtem Buschwerk begrenzten Pfad genauer. Er führte bergauf. In ungefähr dreihundert Metern Entfernung stand eine Trauerweide, deren weit ausladende Zweige wie ein Vorhang über dem Weg hingen. Was wohl hinter dem Baum lag? Unschlüssig verharrte er einen Moment. Die Stiege führte in die völlig verkehrte Richtung. Umwege mochte er nicht. Sie kosteten Zeit und man konnte sich verirren. Am Ende siegte seine Neugier. Nur noch bis zum Baum, dachte er, dann gehe ich zurück.

Als er die Weide erreicht hatte, zögerte er. Schließlich gab er sich einen Ruck. Mit beiden Händen bahnte er sich einen Weg durch das dichte Blätterwerk und schaute auf die andere Seite. Der Weg führte weiterhin bergauf, schnurgerade, jetzt durch einen dichten Wald mit Laubbäumen und Tannen. Bis zum Gipfel war es, so schätzte er, ungefähr ein Kilometer. Darauf sollte es jetzt auch nicht mehr ankommen. Die Bäume spendeten Schatten, sodass ihm der Aufstieg leichtfiel. Oben angelangt, setzte er sich auf eine Bank, die den Blick auf ein weites Tal bot. Auf der anderen Seite dehnte sich ein gewaltiges Waldgebiet aus. Er stutzte. So eine Landschaft gab es in der Umgebung seiner Stadt nicht, folglich musste er träumen. Wahrscheinlich war er schon zu Hause und … Stimmen rissen ihn aus seinen Gedanken. Gelächter, Rufe – klang nach Jugendlichen. Da war sie auch schon – eine Schulklasse. Zum Glück wanderte sie nicht auf seinem Pfad, sondern auf einem Weg, der circa zwanzig Meter unterhalb von ihm verlief. Auch dort stand eine Bank mit Blick auf das Tal.

Direkt hinter der Sitzgelegenheit stoppte die ältere Lehrerin, die vorangegangen war. Sie wartete, bis alle aufgeschlossen hatten. Dann fragte sie ihren Kollegen, der die Nachhut gebildet hatte: «Ist hier der passende Ort für deine Geschichte, Thorsten?»

«Perfekt», antwortete der junge Lehrer. Er schnallte seinen Rucksack ab, setzte sich auf die Bank, zog eine Kladde hervor und wies mit einer einladenden Geste auf die Wiese vor sich.

Es dauerte nicht lange, bis alle Schüler Platz genommen hatten und ihrem Lehrer lauschten. In seiner Erzählung ging es um einen Jungen, der auf dem Schulhof von einigen Mitschülern übel gemobbt wird. Sie kippen seine Schultasche aus, treten seine Sachen durch die Gegend und drohen ihm Prügel an, wenn er jemandem etwas davon erzählt. Als er alleine und verzweifelt zurückbleibt, gabelt ihn eine junge Lehrerin auf. Behutsam und geschickt gelingt es ihr, den Schüler zum Reden zu bringen. Sie verspricht, ihn bei der Lösung des Problems zu unterstützen.

Nicht schlecht, dachte er. Der Dialog erinnerte ihn allerdings stark an *Nachts schlafen die Ratten doch* von Wolfgang Borchert.

Nach dem Vortrag herrschte zunächst Stille, dann begannen die Jugendlichen zu applaudieren. Ein schlaksiger Junge mit langen Haaren sprang auf und klopfte seinem Lehrer auf die Schulter.

«Tolle Geschichte, Herr Beckmann», rief er.

«Finde ich auch», stimmte ein Mädchen zu. «War echt scheiße, wie die den geärgert haben.»

«So spricht man doch nicht, Melanie», sagte die Lehrerin.

Das Mädchen rollte mit den Augen. Er stellte sich vor, wie der Mann auf der Bank Melanie angrinste und dabei ein Auge zukniff.

«Ja, Thorsten, wirklich eine gelungene Geschichte. Wie immer. So, jetzt müssen wir aber weiter, damit wir pünktlich zum Abendessen in der Jugendherberge sind.» Die Lehrerin klatschte in die Hände. «Auf, auf.»

Gehorsam erhoben sich die Jugendlichen und folgten ihrer Klassenlehrerin, die sich bereits auf den Weg gemacht hatte. Wie ein Generalfeldmarschall, der sich darauf verlassen kann, dass sein Trupp ihm bedingungslos gehorcht, dachte er.

Beckmann verharrte noch einen Moment auf der Bank, packte dann seine Kladde ein, stand auf und schaute hoch zu ihm. Für einen Augenblick wirkte er verdutzt angesichts des heimlichen Zuhörers. Dann winkte Beckmann ihm mit einem fröhlichen Lächeln zu, setzte den Rucksack auf und ging forschen Schrittes seiner Klasse hinterher.

Er wartete noch, bis die Stimmen verklungen waren. Dann setzte er seinen Weg fort. Nun ging es bergab. Nach einer halben Stunde war er aus dem Wald heraus. Die Stiege führte jetzt zwischen Einfamilienhäusern mit gepflegten Gärten hindurch und mündete schließlich in die Goethestraße. Ab hier kannte er sich wieder aus. Er entschied sich, nicht den langweiligen Weg an der Hauptstraße entlangzugehen, sondern noch einen Umweg über den Adenauerpark zu machen. Als er zu Hause ankam, war es bereits vier Uhr. Nachdem er eine Kleinigkeit gegessen und etwas getrunken hatte, setzte er sich in seinem Arbeitszimmer an den Schreibtisch, legte seine Hände auf den Laptop und dachte nach.

«Na, hast du es dir doch anders überlegt?»

Langsam drehte er sich um. Leonie stand im Türrahmen. Ihre grauen Haare glänzten silbrig im Licht der Sonne, das durch das Fenster in sein Zimmer fiel.

«Vielleicht», antwortete er.

«Es würde dir guttun.» Sie stockte einen Moment. «Du weißt, dass ich jetzt endgültig gehen muss», fuhr sie fort.

«Ja, ich weiß», erwiderte er mit belegter Stimme.

«Auf Wiedersehen, mein Lieber. Mach es gut.» Kurz lächelte sie, wandte sich zur Treppe und verschwand aus seinem Gesichtsfeld.

Für einen Augenblick glaubte er, ihre Schritte auf der Treppe zu hören. Dann atmete er tief durch und klappte den Laptop auf. Während der Computer hochfuhr, fiel sein Blick auf die Ablage, in der bezahlte Rechnungen und weiterer Schriftverkehr darauf warteten, abgeheftet zu werden. Mit einer Hand fuhr er unter den Papierstapel und zog das Sterbebild hervor. Aufmerksam betrachtete er das Foto. «Auf Wiedersehen, Leonie», flüsterte er. Dann legte er das Bild neben sich auf den Schreibtisch und öffnete eine Word Datei.

Um neun Uhr war er fertig. Als er zum Anfang zurückscrollte, um alles noch einmal durchzulesen, fiel ihm auf, dass die Überschrift und sein Name fehlten. So schrieb er: *Die Stiege* von Thorsten Beckmann.

Ira Freyaldenhoven

Anders sein

wieder einmal
an der richtigen tür
vorbei gegangen
die fertigen worte
verloren
den günstigen moment
verpasst
die gute gelegenheit
verstreichen lassen

wieder einmal
mit rasendem herzklopfen
in der brust
tosendem rauschen
in den ohren
lähmendem schwindel
im kopf
die eigene stimme
verschluckt

doch
worte
sind schlüssel
sind möglichkeiten
sind brücken
zu den anderen
sind worte manchmal
unerreichbar
wenn du anders bist

wenn du anders bist
musst du
weitere wege gehen
musst du
umwege nehmen
um den fluss
der anderen
nicht aus den augen
zu verlieren

wenn du anders bist
musst du
den eigenen fahrplan
loslassen
damit der zug
der anderen
nicht schon wieder
ohne dich abfährt
und dich alleine zurücklässt

wenn du
anders bist
musst du
anpassung
lernen
in einer welt
die zu laut für dich ist
und zu schnell
und zu ungeordnet

du wirst immer
anders sein
wirst immer
leiser sein
und langsamer
und irgendwie komplizierter
denn anders ist fremd
und fremd ist
verwirrend

doch
anders sein
bedeutet auch
dinge wahrzunehmen
die an den anderen vorüber gehen
lauter zu denken und tiefer zu fühlen
und manchmal sogar
den regen zu hören
bevor er fällt
aber
das
weiß
ja
keiner

Marcel Ifland

Der Überfall

«BRIEFTASCHEN UND HANDYS HER! DIES IST EIN ÜBERFALL!», schreit der Mann mit der Sturmhaube, während er mit einem Klappmesser vor unseren Gesichtern herumfuchtelt.

«Siehst du? Und genau deswegen habe ich gesagt, lass uns den direkten Weg über die Harkortstraße nehmen. Aber nein, DU wolltest ja den Umweg über den Sportpark nehmen.», sage ich zu Basti, während wir langsam die Hände hochnehmen. Sinnloserweise, denn mit erhobenen Händen ist es nur schwer möglich, seine Utensilien herauszukramen um sie einem eklatant verbrechenspotenzierten Fremden zu übergeben. Aber ehrlicherweise passiert uns das auch nicht so häufig, mit mehr Übung gäbe es da sicher noch Luft nach oben.

«Oh, bei der Macht von Grayskull! Da hole ich doch mal geschwind meine Zeitschleuder heraus und revidiere meine Entscheidung von vor zwanzig Minuten, damit der feine Herr nicht überfallen wird.», antwortet Basti mit unverhohlenem Sarkasmus und als wären Straßenraube so etwas wie ein angenehmer Zeitvertreib für Zwischendurch. Wie dolle zehn Minuten zwischen Schnürsenkel binden, Tee kochen und sich nackt neben einem Laib Emmentaler einen Hügel herabrollen lassen.

«Im Ernst. Ich habe es dir gesagt. Mehrmals sogar.».
Basti überhört meine Worte und zuckt genervt mit
den Schultern. Genau genommen hatte ich zwanzig
Minuten und zwei Wegbiere lang lamentiert, dass die
Distanz vom Hauptbahnhof zu meiner Wohnung
besser über die Innenstadt als über die spätabendlich
düsteren Parkanlagen zu bewältigen sei, aber mit
Basti über rationale Routenplanung zu beratschlagen
ist wie einem Hamster die bemannte Mondfahrt zu
erklären – machbar, aber substanzlos. Es hatte darin
resultiert, dass er einfach losgestürmt und wir stumpf
hinterhergelaufen waren. Apropos wir ...

«Wieso habt ihr angehalten?» fragt Jill, die uns mit
einigen Metern Abstand hintergetrottet kam, den
Blick starr auf ihr Smartphone gerichtet und auf eine
Folge «Grey's Anatomy» konzentriert. Ein Zustand,
in dem Jill generell wenig bemerkt, angefangen bei
roten Ampeln und endend bei der Unterjochung der
Menschheit durch Cthulhu, Thanos oder das fliegen-
de Spaghettimonster.

«Nur ein kleiner Überfall.», antworte ich.

«Wo sind wir denn gerade?». Jill schaut von ihrem
Handy auf. «Ach, im Sportpark? Wieso das denn? Ist
das nicht voll der Umweg? Ich dachte, wir wollten
über die Harkortstraße?»

«Frag Seine Lordschaft hier.» Ich deute auf Basti,
der sofort beginnt, sich halbelegant zu rechtfertigen.
Es beginnt eine lebhafte Diskussion. Der Mann mit
der Sturmhaube lässt das Messer sinken, kratzt sich
fragend an der Schläfe und setzt sich auf die Steinum-
randung eines nahe des Weges stehenden Blumen-
kübel. Er sieht uns an, als wären wir drei Glitzer-
staubkotzende Einhörner, während wir lautstark
durcheinanderreden und uns gegenseitig die Schuld
an der suboptimalen Gesamtsituation geben.

«...und außerdem ist das die landschaftlich
schönere Strecke!» mault Basti ins allgemeine

Gemurmel, während Jills Augen hektisch zwischen dem Handydisplay und uns hin und her pendeln und meine Halsschlagader Henning May-hafte Züge anzunehmen beginnt.

«Es ist ein Uhr dreißig, du Schrumpfbär.», schreie ich wütend. «Es ist stockfinster und bis auf die Nebelschwaden ist hier landschaftlich selbst im Hellen doch eher das Nichts Trumpf. Das ist immer noch Wanne-Eickel hier. Für landschaftliche Schönheit musst du schon im Koma liegen.»

«Äh. Hallo?», meldet sich der Mann mit der Sturmhaube zaghaft, schnippst mit erhobenem Arm in die Luft und hebt das Messer wieder. «Ich bin auch noch da!?»

Er versucht, sich effekthaschend vor uns aufzubauen, fängt sich jedoch ein «Stell dich hinten an, das kann noch dauern bis wir Zeit für dich haben» von Basti, was in ihm deutlich sichtbar den Gedanken aufploppen lässt, heute doch besser die Schlafmaske anstelle der Sturmhaube übergezogen zu haben. Der Mann mit der Sturmhaube tritt zwei Schritte zurück und lässt uns munter weiter über Sinnhaftig- und Sinnlosigkeit der heutigen Rückwegsroutenplanung diskutieren.

«Ich verstehe einfach nicht, was daran so schwierig sein soll, einfach den direkten Weg zu nehmen?», rufe ich irgendwann in die Runde.

«Wer immer den gleichen Weg nimmt, anstatt mal die Umwege auszutesten, der bleibt irgendwann in seinen Routinen kleben. Man verpasst so vieles. Die Umwege bieten so viel interessantes.», antwortet Basti, den wohlwollend belehrenden Ton eines Waldorf-Erziehers annehmend.

«Aha? Und was verpassen wir dann? Ihn da?». Ich deute auf den Mann mit der Sturmhaube, der immer noch fragend die Szene betrachtet und als er bemerkt, dass wir endlich mal über ihn reden - wie aufs Stichwort mit der messerfreien Hand zaghaft zu Winken beginnt.

«Zum Beispiel.», sagt Basti, mit mehr Überzeugung in der Stimme als angebracht.

«Auf ihn hätte ich verzichten können.», antworte ich.

«Jetzt reicht es aber!», ruft der Mann mit der Sturmhaube aufgebracht. «Was soll der Unsinn hier? HALLO?! Ich bin der Irre mit dem Messer! Das ist hier immer noch ein Überfall! Ihr solltet mich vielleicht mal ein wenig beachten!»

«Der ist immer noch da?», fragt Jill verwirrt. «Ist der bescheuert?»

Scheinbar in seiner zweifelhaften Ehre gepackt, prescht der Mann mit der Sturmhaube hervor, baut sich vor Jill, die ihm maximal bis zum Schlüsselbein reicht, auf und hält ihr das Messer unters Kinn. «Ich frage mich, wer hier eigentlich bescheuert ist.» Er scheint bemüht, seine Überlegenheit zu demonstrieren, jedoch sollte ein Blick ins Jills Gesicht bereits zeigen, wie sinnlos diese Bemühungen doch sind. Jills Miene verzieht sich, jedoch nicht zu Angst, sondern zu blanker Wut.

«Du. du Wolkenpudding!», zischt Jill zwischen zu Strichen verengten Lippen hervor. «Zähl mal durch: Wir sind zu dritt, und du bist allein. Selbst wenn du hier den Arthur Morgan in der Lobotomie-Edition mimen möchtest, bist du nicht schnell genug, um uns alle drei gleichzeitig zu erledigen. Do your math, Cowpoke.»

«Ja, aber ...»

«Du hast uns zwanzig Minuten beobachten dürfen. Würdest du sagen, dass wir als Gruppe so sozialfunktional sind, dass es uns ernsthaft aus dem Konzept bringen würde, wenn du hier einen von uns live entbeinst? Wir stehen permanent an der Schwelle dazu, das auch ohne dich zu tun. Jetzt sei mal ehrlich: Diese Shitshow hier kannst du nicht gewinnen.», wirft Basti ein. Der Mann mit der Sturmhaube scheint ernsthaft irritiert. Verwirrt blickt er von Gesicht zu Gesicht. Dann lässt er laut stöhnend das Messer sinken. «Was für eine Show ist das hier?»

«Das sage ich dir. Das ist ein Überfall. Her mit deinem Handy!», sagt Jill ruhig.

«Moment, was?»

«Ja. Wir sind die Irren ohne Messer. Du willst unsere Aufmerksamkeit? Gerne. Jetzt her mit dem Handy!» Jill hält eine Hand auf, während Basti und ich uns um den Mann mit der Sturmhaube herum aufbauen.

«Jetzt euer Ernst?», fragt der Mann verwirrt und wir schauen ihn wütend und mit aller Bedrohlichkeit, die wir aufbringen können, an. Der Mann zögert kurz. Dann zerfällt seine Fassade, er greift ihn die Hosentasche und drückt Jill ein Handy in die Hand. Sie bedankt sich höflich, entfernt sich ein paar Schritte an den Wegesrand, begibt sich in die Hocke und lässt das Handy auf Nimmerwiedersehen. in eine Entwässerungsrinne des städtischen Abwassersystems gleiten. Dann steht sie effektvoll auf, klatscht wie ein Bond-Bösewicht nach erledigter Liquidierung seines Erzfeindes in die Hände und sagt trocken: «So. Das wäre dann die Strafe. Wir sind quitt. Und jetzt verzieh dich und versuche so eine Scheiße nie wieder!»

Der Mann mit der Sturmhaube nickt eifrig und nimmt die Beine in die Hand.

«Kann es sein, dass wir Monster sind?!», frage ich meine beiden Freunde, während wir dem traumatisierten Straßenräuber auf seiner Flucht hinterhersehen.

«Ach was. Wir sind nur sympathisch soziopathisch.», meint Basti und winkt ab. «Und seht es positiv: Der Junge hat heute eine Sache gelernt. Wenn der uns in

Zukunft auf irgendeinem Weg entdeckt, wird er freiwillig alle Umwege austesten. Bevor wir es tun müssen.»

Lachend setzen wir unseren Heimweg fort.

Markus Jöhring

Der Traum dachte, er sei ein Pferd

1. Ankunft

Die Melodie des Telefons legt sich wie eine Schlinge um meinen Hals, zieht mich aus dem Bett, schleift mich durch den Flur.

«Ihre Mutter ist tot. Kommen Sie bitte. Ich kann nicht warten.»

Die Jeans. Das zerknitterte Leinenhemd vom Vortag. Ein Schluck Leitungswasser. Landstraße oder Autobahn? Landstraße. Zeit gewinnen. Den Wald mitnehmen. Angst aus dem offenen Fenster werfen. 50.70.100. Ich schlucke aufkommende Schreie und suche im Rückspiegel nach anderen Sprachlosen, die mit ihren Blicken einem Baum folgen, ihn verlieren, um sogleich den nächsten zu erfassen und dabei ihre Köpfe unablässig zu einem Nein drehen. Entdecke niemanden. Leere Sitze. 100.70.50. Ortseinfahrt nach Unterführung. Kalter Hals.

Aufgereihte Verbrenner hinterm Straßenrand. Verbraucher schleichen unablässig um Boliden, wie Raubtiere um ihre Beute. Grenzenlose Kraft für kraftlose Silberköpfe. DIN A4-Schilder hinter Windschutzscheiben. Analoge Auspreisungen. QR-Codes für Mehr. Zwei, drei grüne Ampeln. Ungewöhnlich: freie Zebras im Kreisverkehr. Schließlich: Ankunft in der Sackgasse.

«Wer sind Sie?» will eine Polizistin wissen. Ich schaue auf den zugedeckten Leichnam im Wohnzimmer. Es ist jetzt ganz allein ihr Zimmer. Ein letzter Schutzraum, ohne alltägliche Bewegungen zu betreten – so meine Anordnung an mich selbst. Der Vater in der Küche, fest verankert an seinem Platz. Der Bruder weint. Der Seelsorger – ein Automat – ist froh, als ich ihn entlasse. Kein zweites Mal am Leichnam vorbei. Besser über die Terrassentür. Fluchtweg – trotz fehlender Kennzeichnung – erkannt. Im Garten eine Sammlung von Geflüchteten. Überwiegend stehend, den Rasen betrachtend.

2. Farben

Blumen. Von einer Wand bis zur anderen. Sie verteilt Blumen. Auf dem Teppich. Auf dem kalten Laminat. In meiner ganzen Wohnung. In ihrem Schutzraum hatten wir eine kleine Blumeninsel gelegt und am Abend – wie vor einem Lagerfeuer – still in die Farben geschaut. Und nun, Tage später, in meinem Wachtraum ihre reiche Geste. Alle Farben. Kein RGB. Kein CMYK. Ein neuer Farbraum, der mir zu Füßen liegt.

3. Speicherkapazität

«Ich bin seit Tagen allein.»
«Nein, bist du nicht.»
«Nein?»
«Heute Morgen war der Pflegedienst bei dir.»
«Ich bin seit Tagen allein.»
«Dann kam Heike und hat mit dir eingekauft.»
«Davon weiß ich nichts.»

«Um 11.30 Uhr dann Essen auf Rädern.»

« ... seit Tagen allein.»

«Petra hat dann später mit dir Kuchen gegessen und dann kam wieder der Pflegedienst. Und gestern habe ich den Rasen gemäht.»

«Allein ... wer sind Sie überhaupt.»

«Ich bin dein Sohn.»

«Ach? Ich bin seit Tagen allein. Wussten Sie das?»

4. Freiflug

Die Landschaft: zerklüftet. Hinter Wäschebergen: ungeöffnete Briefe. Decken in den Fenstern – verhängte Wolkenbilder. Zick-Zack-Schleichwege durch leere Blisterverpackungen, Papiertaschentücher in praktischen Spenderboxen, extragroß und drei, vier Feuerzeuge, Socken, eine leere Dose Red Bull. Ganz unten der Gestürzte. Rettungsseile unters Bett gekehrt. Bruderschaft gescheitert. Ich räume einen Stuhl von Trümmern frei, atme verbrauchten THC-Rauch ein und warte auf erste Worte.

«Ich darf mich töten, noch in diesem Jahr.»

Freiflug ins Sternenreich. Geplant. Gebucht. Genehmigt. Fluglinie: DGHS. Die zweite Urne. Dann die dritte Urne – ein Jahr später. Bestattungsroutine.

«Ich kann nicht so schnell trauern, wie ihr sterbt.»

5. Ausfahrt

Mit den Füßen voran lege ich mich auf das Fließband. Ich lege mich auf das Fließband. Ich lege mich auf das Fließband, gleich nach dem eingeschweißten Brokkoli.

«Sie haben vergessen, sich zu wiegen», kommentiert die Kassiererin mein horizontales Erscheinen.

Damit es weiter geht, bezahlt mich ein alter Freund, der es nicht mehr sein will. Von hinten wird geschoben.

Starr falle ich in eine große Papiertüte. Mit dem Kassenbon auf meinem Kopf, krümmend um mein Herz, lese ich neue Kommentare.

Wenn ich mich bewege, knistert das raue Papier, erinnert mich die Tüte daran, sie nicht von innen heraus zu formen. Ich will nicht ihre äußere Form, ihre Identität verändern, brauche aber etwas mehr Platz, als die Tüte hergibt. Ich erinnere sie an ihre Funktion. Sie gibt nach, unterlässt jedoch nicht das Knistern.

6. Energie

Alle Apps signalisieren: Akku leer. Tesla. E-Bike. Mähroboter. Zahnbürste. Und dann auf dem Fluchtweg im klappernden Einkaufswagen: kein Empfang trotz Strahlenmast auf Nachbardach.

«Wer schiebt da? Wer schnauft und flucht? Wer hebt mich über Bordsteinkanten?»

Ich wage keinen Blick, fasse nach meinen Schuhen und schlafe im dunklen Kofferraum endlich ein. Der erste Traum denkt, er sei ein Pferd. Ohne Pause reiten wir, an Bäumen vorbei, unter denen Urnen liegen, bis ich denke, ich selbst bin das Pferd, die Kraft. Jedoch: Eine Idee wartet noch. Ich bin froh, einen Winnetou-Traum zu träumen und keinen Pippi Langstrumpf-Traum.

Etwas später: Kartoffelschalen prasseln auf mich ein, wecken mich. Gönne mir zwei, drei Melantonin-Sprühstöße. Schmollend schlafe ich wieder ein. Der zweite Traum ist ein Bio-Traum.

7. Feuer

Die Wärme: angenehm. Der Geruch: unerträglich, vertreibend. Bioabfälle um mich herum verwandeln

sich. Ich bleibe versteckt. Handcreme gegen Risse.
Auf meinem Gesicht verteilt und überall, wo ich hin-
komm'. Pause in der Transformation. Dann zischende
Geräusche außerhalb der Tüte. Getuschel. Getratsche.
Spitze Zungen. Mutmaßungen. Unterstellungen. Her-
ablassungen. Spracherkennung deaktiviert. Das Papier
redet mit, knistert auch ohne meine Tritte, wird heiß,
fängt Feuer, gibt mich mit allen verkrusteten Familien-
festen wieder frei. Ich weine wie ein Neugeborenes,
huste und suche nach dem noch nicht eingelösten
Flaschenpfandbon.

8. Auferstehung

«Sie müssen Ihre Ware auf das Band legen.»
Hinter ihr, auf dem Regal: Blumen. Dahinter die
automatische Glastür.
   «Sie lässt jeden rein», protestiere ich.
   «Sie müssen Ihre Ware auf das Band legen. Die
Papiertüte haben Sie ja schon hingelegt.»
   «Es war sehr heiß in der Tüte.»
   «Ihre Tüte liegt auf dem Band und nun müssen sie
ihre Ware ...»
   «Sie sind nicht feuerfest, Ihre Papiertüten.»
   Von hinten Gelächter. Ein Frauenduft und unge-
bremster Einkaufswagen.
   «Ich warne Sie alle. Diese Tüten sind zu klein. Das
Leben ist zu klein.»
   Zahlung per Karte. Konzentration auf das optimale
Befüllen der Tüte. Nach der Glastür: Regenduft.
Tropfenmuster auf braunem Papier. Zuverlässig bis
Küchentisch. Zuverlässig bis entleerte Heimat. Das
Telefon auf stumm geschaltet. Blinkende Ladesta-
tionen warten auf meine Kontrollen. Ich lecke Strich-
codes ungeöffneter Verpackungen, suche Identität.
Ich wasche von Hand hastig alte Fotoalben, bürste
jedes Foto. Jedes.

Das Rascheln und Knistern kehrt zurück. Unerwarteter Besuch oder ein Flashback?

«Schrecklich», rufe ich meiner betrunkenen Vermieterin, die unablässig durch den schmalen Schlitz des gekippten Fensters alte Zeitungen, Rechnungen, Werbeprospekte und Klopapierrollen in meine Wohnung schiebt, entgegen. «Können Sie nicht schellen, Sie Reptil?»

«Sie können bestimmt etwas damit anfangen, Sie haben immer so Ideen.»

Montiere die leere, noch feuchte Papiertüte in Höhe des Fensters – für den nächsten Einwurf. Praktisch weiterleben. Kontakte pflegen. Reden ohne Trauer.

Lydia Koelle

Deine Winterreise

Wenn meine Schmerzen schweigen, wer sagt mir dann von ihr?

DEINE WINTERREISE, Ilana, ins unwirtliche Paris, nach unserem unwirklichen Jerusalem. Warum bist du gekommen?
Warum bist du hier?
Ich spüre deine Erwartung wie die Körperwärme eines nach großer Anstrengung sich ausruhenden Tiers. Erschöpft, aber mit sich eins, sinkst du mir zu Füßen. Schläfst ein mit dem Gesicht auf die Arme gelegt. Du Gute.

Ich finde keinen Schlaf im schlaflosen Paris, das ich durchwandert und durchwandert habe, um daraus zu fliehen und wieder zurückzukehren.

ZÄHL MEINEN Puls, auch ihn, in dich hinein. Sind die Rechnungen unseres Lebens aufgegangen, Ilana? Ich habe dir diese Frage beantwortet, die du nicht an mich gestellt hast, und du hast mir nicht auf meine Frage geantwortet, sondern mir Briefe geschrieben, Fangarme und Netze und doppelte Böden um und unter uns gelegt, als könntest du das: die Schlussrechnung zerreißen, aufheben, wo es schwarz auf weiß gestanden hat: die roten Zahlen – mehr Soll als Haben.

Meine Gedichte: Leerverkäufe dessen, was mir nicht gehört und doch in den Leib gewachsen ist. Mein mit den Gedichten verwachsener Leib schmerzt in seinem Narbengewebe, das keine sorgende Hand gesalbt hat. Die inwendigen, unerreichbaren Verwachsungen wolltest du erreichen, berühren bei mir. Welcher Mut, Ilana! Wie dich nicht in die Arme schließen mit deinem Mut? Wie dich nicht leuchten lassen in Jerusalems Nacht? Wie dich nicht abweisen mit deinem Mut in Newe Avivim, um dieses Mutes willen, Ilana!

Unser Jerusalem, Ilana, du hast es wirklich werden lassen für einen Augenblick. Mein Jerusalem, das ich brauchte und wollte, hast du mir geschenkt, nein, geliehen oder verliehen wie eine unverdiente Medaille. Ein Medaillon unserer Verwachsung und Geschwisterlichkeit, von «daheim», mir gereicht.

Meridiane umspannen die vermessene Weltkugel, auf denen wir unsere gemeinsamen Orte finden: Czernowitz und Paris, Jerusalem, Tel Aviv. Frühlings- und Liebeshügel und Reden und Schweigen, SAGEN, SAGEN, SAGEN, Zuhören und Verstummen. Die Glut der Mittagshitze in Abu Tor lullt uns ein, die kreatürlichen Geräusche, Gerüche, wo alles STIMMT, wir einstimmen und uns an den Händen halten wie Hänsel und Gretel im Wald. Auch uns führte kein Weg zurück. Die ausgestreuten Brosamen, meine Gedichte, würdest du sagen, haben sich andere Hungrige und Bösewollende einverleibt.

Hand in Hand, aber mit leeren Händen – darf das sein, Ilana? Du würdest es nicht zulassen, von meinen «leeren Händen» zu sprechen. Ich spüre noch den Druck deiner Finger, deiner Hand auf meiner Schulter, dein Bösewerden, als ich von meinen leeren Händen sprach.

Ich dachte, an einer Welt zu bauen. Ich habe nur Worte aneinandergereiht wie ein Schreibschüler.

Deine Liebe ist ein Zuviel. Ich müsste meine Hoffnung wieder aufleben lassen. Ich kann es nicht. Wieder ein Mensch werden, in dessen Körpermitte ein Herz schlägt.

Jerusalem war. Für einen Augenblick der Ort, wo das Rauschen in meinen Ohren so leise wurde, dass mir wieder die Verse von früher einfielen. Bialiks Liebeslied. Und auf Hebräisch! Meine Fata Morgana, mein *Kumi ori* – mit dir geteilt und besungen. Ein Fest der Sinne, innig und schön. Feigen und Wein.
Der rasche Einbruch der israelischen Nacht ohne Dämmerung. Klare Begrenzungen der Tageszeiten ließen unsere Grenzen verschwimmen. Zu schön, um wahr zu sein.
War es gerade diese Schönheit – mit dir, in dir, zu dir, schmerzhaft wahr?

Sollen wir eine neue Rechnung aufmachen, Ilana? Wir multiplizieren die Anzahl deiner Briefe mit der Anzahl meiner. Wir addieren die Zahl der offenen Tore Jerusalems und subtrahieren die geschlossenen. Das Aufleuchten in deinen Augen schlagen wir zu dieser Summe und die Zahl der Gedichte, die ich für dich und uns geschrieben habe. Die Entfernungen zwischen uns müssen wir abziehen. Aber, wie sollen wir diese Zahl ermitteln? In Lichtjahren oder Kilometern, Gefühltem und Verweigertem? In Luftlinie oder durch das Labyrinth des Ja und Nein, Für und Wider, An- und Für-Sich? Was ist mit den Fernen zwischen mir und mir, zwischen dir und Nicht-Dir? Und je mehr ich zähle, addiere, multipliziere, deutle und an den Nummern rüttle, geraten die Maßstäbe und -einheiten durcheinander.

Ich habe die falschen Zahlen untereinander geschrieben, die Hunderter mit den Zehnern addiert, die falsche Wurzel gezogen. Und als ich am Ende, ganz am Ende, die Rechnung abgeschlossen habe, die Bilanz gezogen mit klopfenden Schläfen, da schaute ich in meinen Abgrund, mein Minus.

Ich paginiere mit negativen Zahlen, Ilana! Das Buch, das ich schreibe, kann es deshalb nie mehr geben. Was ich auch tue, Ilana, der unsichtbare Bereich wird größer und zieht mich in den Schlund des Nichts, das meine angehäuften Kosten begleicht.

DER VORRAT meiner Worte ist aufgebraucht. Ich glaube nicht mehr daran, dass der Mensch sich unerschöpflich neu hervorbringen kann. Ein Wort gibt das andere nicht. Und einmal ist das Alphabet zu Ende gesprochen und hebt nicht wieder von Neuem an. Der Lauf meines Lebens ist zur Neige gegangen vor der Zeit.

Wie ein Mädchen schon im Leib der Mutter alle Ovarien in sich trägt, eine große, aber nicht unbegrenzte Zahl, so habe auch ich meine Worte in mir getragen. Ich habe nichts neu erfunden, nichts hinzugefügt. Mir nicht angemaßt, der Schöpfer zu sein.
Ich war ein Schmied, ein Handwerker, eine Spitzenklöpplerin, ein Wortbaumeister, ein Hygieniker der Sprache, aber kein Eugeniker! Ein Vulkan, ein jüdischer Krieger. Ein Selbstmörder auf Wortfang.

Ein Kind zeugen. Mich noch einmal der Vorstellung hingeben, neu anzufangen. Noch einmal. Als wäre ich angezählt, aber unbesiegbar.

Evelyn Langhans

Baraa und ich

Mit den Fremden, die jetzt den Zug verlassen, strebt sie Richtung Ausgang. Im Takt, wie ein Metronom, geht sie durch die Bahnhofshalle. Ihr Tag im Büro war gut. Ihr Blick streift die Kacheln am Hauptportal. Warum ausgerechnet Motive der Seefahrt, denkt sie, so weit entfernt vom Meer. Sie mag das Geräusch ihrer Absätze auf dem Steinboden. Schritt für Schritt für Schritt für Schritt. Sie geht schnell. Sie mag das Gefühl, mit Kraft zu gehen. Nur noch die wenigen Treppen. Auf dem Vorplatz empfangen sie Winter-kälte und Abendschwärze. Kaum sechs, wie Mitter-nacht. An der Seite warten, sauber aufgereiht, Taxis. Noch nie hat sie hier eins genommen. Das machen nur Fremde mit schwerem Gepäck, denkt sie.

Eine Männerstimme. Der große Schatten neben ihr, nur eine Silhouette im Schein des Handys, das er ihr hinhält, ganz nah.

«Where does this bus leave from?»

Sie schaut auf das Display: Linie 612.

«It's not far to the bus stop», hört sie sich sagen. «Quite easy to find if you know it.» Sie fällt in die fremde Sprache, als sei sie darin zuhause. «It's not easy when you've never been here before.»

Er sei schon dagewesen, öfter sogar. Mit dem Auto, mitten am Tag, sagt er. Im Dunkeln habe er keine Chance, irgendetwas wiederzuerkennen.

Die Buslinie ist auch ihre. Sie hört sich den Weg erklären: «Along the street lamps, passing the shop windows over there.» Sie sieht selbst, dass der Weg nicht zu erkennen ist.

«We can walk together.» Während sie es sagt, sind sie schon auf dem Weg. Wie die Ausschläge einer doppelten Herzstromkurve sind ihre Schritte blitzschnell ineinander gefallen. Knapp dreihundert Meter bis zur Haltestelle. Fünf Minuten, höchstens, denkt sie, während er zu sprechen beginnt.

Nichts lenkt sie in der Dunkelheit davon ab, ihm zuzuhören. Sein Bruder. Seine Schwester. Er wolle sie besuchen. Jetzt, nach Weihnachten. Weil sie jetzt Zeit hätten. Auch die Kinder. Er könne ein paar Tage bleiben, sagt er. Seine Worte beiläufig, schwerelos. Prüfungen warteten auf ihn. An der Uni. Er mache sie virtuell. Frankfurt an der Oder, da studiere er. Mühelos hält sie Schritt. Ihre ungleichen Schatten, seiner so groß, ihrer viel kleiner daneben, denkt sie, während sie den Ball aufnimmt: «A long journey.»

«Seven hours, via Berlin», sagt er, und sie denkt: Berlin, eine Ewigkeit, seit sie dort war.

Die rote Ampel. Sie warten, während die Scheinwerfer eines Taxis sie streifen. Er fragt, was sie macht. Als ob es ihn langweilt, von sich selbst zu sprechen, denkt sie. Sie erzählt von ihrer Arbeit. Von all den Dingen, die sie so gut kennt. Weil sie schon so lange dabei ist. Öffentlichkeitsarbeit für eine internationale Organisation. Schwerpunkt humanitäre Hilfe. Kriegs- und Krisengebiete. Menschen in Not. Existenzielle Situationen. Bedrohte Leben. Sie bereitet die Fakten, die reinkommen von vor Ort, so auf, dass die Menschen in Deutschland dafür spenden. Er hakt sofort ein: Er kennt das Geschäft. Auch er hat für internationale Organisationen gearbeitet.

Sieben Jahre lang. Von dort berichtet. Erbil, Mardin, Istanbul. Weitere Einsatzorte. Geschichten von Menschen, die Hilfe brauchen, für die jeder Handgriff zählt, der etwas Würde bringt. Für viele von ihnen ein Leben in Lagern, nach der Flucht. Immer noch, obwohl der Krieg in seiner Heimat schon vor mehr als einem Dutzend Jahren begann. Sie kennt die Geschichten der Flucht und des Überlebens im Lager. Auch ihre Organisation sammelt für Geflüchtete aus Syrien.

Ihre Gedanken in Worten wechseln die Seiten, präzise und geschmeidig wie Tennisbälle. Sie will das Spiel in Gang halten. Die Ampel wird grün. Die Mosaiksteine ergeben ein vorläufiges Muster.

Aleppo, sagt er, eigentlich komme er aus Aleppo. Seine Heimat. Krieg. Flucht. Alle aus seiner Familie seien in Deutschland jetzt. Es sei besser für die Kinder.

«Since when?», fragt sie. 2014. Erst der Bruder. Dann die Schwester. Er selbst ein Jahr später. Er habe alles selbst erlebt. Er erinnere sich an die Gerüche, den Duft des Essens, die Farben, die Geborgenheit der Heimat. Dann alles unter Beschuss. Die Schreie, die Einschläge, der Staub. Und das gespenstische Schweigen nach der Zerstörung. Die Erinnerungen tastet er blitzschnell für sie ab. Im Zeitraffer bis zur Bushaltestelle. Seine Heimat sei jetzt wie ein anderer Planet. Sie nickt ins Dunkel. Sie kennt die Geschichten. Er ist jetzt hier gelandet, wie ein Astronaut aus dem Weltraum, denkt sie. Von dort oben hat er alles gesehen, was hier unten passiert. Wie kommt es sonst, dass er alles sofort versteht?

Er sei Hals über Kopf geflohen. Nur Überleben. Jetzt sei er frei. Und doch nur fast: die Unmöglichkeit zurückzukehren. Vielleicht werde es irgendwann wieder gehen.

«I am old», sagt er, «even if I am a student».

Sie merkt davon nichts, und denkt: So alt wie ich kannst du gar nicht sein. Wie es für ihn ist, jetzt in Deutschland zu leben, will sie wissen. Was er sich wünscht.

Auf dem Weg zu sein, das sei jetzt sein Leben. Die Welt sein Zuhause. Den sicheren Ort, der einmal Heimat war, ihn gebe es nicht mehr.

Sie fragt, wo er am liebsten leben will.

«Back in Syria.» Er braucht keine Sekunde für die Antwort. In einem Leben, das es nicht mehr gibt. Sie nickt. Sie will noch mehr fragen. Zur Freiheit, die jeder haben sollte, wie das tägliche Brot. In ihrem Alltag sieht sie oft gar nicht mehr, was es wirklich bedeutet, die Wahl zu haben. Er weiß es genau. Ihr gefällt, wie großzügig er ist mit seiner Geschichte. Sie sieht klarer durch ihn.

Sie sind angekommen. An der Haltestelle warten nur wenige andere. Sie erkennt ihn kurz besser, als Autoscheinwerfer ihn streifen. Wie vom Fahrplan versprochen, kommt jetzt der Bus. Er ist fast leer. Sie steigen ein, lassen sich nebeneinander auf zwei Plätze fallen, während der Bus ruckhaft anfährt. Nur vier Haltestellen. Dann muss er raus. Wie weiter, wenn alles gleich zu Ende ist, denkt sie.

Er fragt sie nach ihrer Nummer. Sie macht sowas sonst nicht. Sie könnten sich treffen. In den nächsten Tagen lerne er in der Stadt. Starbucks am Markt, das kenne sie doch. Er reicht ihr sein Handy. Soll sie? Sie tippt alles ein. Die Zahlen wie Anker, ihr Name. Sie weiß, dass sie nicht hingehen wird. «No», sagt sie ruhig. «It won't work.» Trotzdem fühlt es sich richtig an. In Kontakt zu bleiben, wäre spannend für sie.

Seine Erfahrungen, seine Einsichten. Und dann? Es lieber so stehenlassen.

«Too busy», sagt sie einfach, und natürlich stimmt das. Ihre Familie, das Kind. Sie sagt nichts davon, obwohl es an dieser Stelle passen würde. Er ruft sie jetzt an. Der Bus biegt ab, am Ende der Allee muss er raus. Sie kennt die Station. Ihr Handy vibriert. Jetzt hat auch sie seine Nummer. Sie liest seinen Namen: Baraa Gadri. Baraa und ich, denkt sie. Noch eine Station.

Er springt auf, als der Bus hält. Tatsächlich. Er nickt, doch er geht nicht ohne Abschied.

«Thank you for helping me.» Er schaut sie an, lächelnd, und reicht ihr die Ghettofaust.

«Good luck», sie schlägt ein, die Bustür steht offen. Er springt raus. Ihn verschluckt sofort die Dunkelheit. Seine neue Nachricht blinkt zwei Minuten später auf ihrem Handy. Wieder: «Thank you for helping me.» Sie antwortet nicht.

Keine neuen Nachrichten. In den nächsten Tagen fällt er ihr immer wieder ein. Er respektiert ihr Schweigen. Es spricht für ihn, findet sie. Es spricht eigentlich alles für ihn. Was, wenn sie sich wiedertreffen? Die Welt ist klein. Vielleicht stößt sie wieder auf seine Nummer. Vielleicht schreibt sie dann doch.

Anja Liedtke

Wo Birken wachsen auf Gebäuden

Umwege auf der ehemaligen Kokerei Hansa

Geländeüberblick

Pappeln stehen hoch und schweigen,
bis der Wind sie zum Plappern bringt
Zwischen ihre Wurzeln schmiegen sich
sporenpuffende Flaschenstäublinge
Rote und gelbe Stricknadeltriebe
der Weiden stechen in Wolkenwolle
Nackte Äste des Essigbaums
passen sich dem Geländer an
Hirschzunge leckt am Kalkbeton
Rohrkolben rosten im Wassergraben
Binse sticht mit ihrem starren,
aufgerollten Blatt in Beine
Aster trocknet ohne zu zerfallen
Goldrute geißelt den Sommerwind
Lila Blüten des Schmetterlingsflieders
duften die Stahlrohre weich

Rosa Hansa

Rosa Himmel über renaturierter Emscher
Rehe äsen auf der Deponie
wenden dem Bussard ihre weißen Blumen zu
Gelbfuß thront auf dem Dach
eines Lüftungsschachts
dreht seine Nasenhaut in den Wind
öffnet die Schwingen
Unten an der alten Halde
erwartet ihn das Fußvolk der Krähen
hasst ihn gen Huckarde und Horizont

Braunwurz und Raublatt

Im Winter treten wir
auf Natternköpfe, Königskerzen, Ziest
im Sommer überragen
blaue, gelbe, Purpurfarben
Kelche, Lippen, Zungen
unsere Hüften, Waden
wir wagen dann das Trampeln nicht
wir achten Schönheit, Größe

Zeche zahlen

2024
Schnee im Pott
Weiß auf Koks
eine Sensation
1924
üblich, als Vater geboren wurde
Opa sorgte auf dem Pütt
dass es nicht so bleiben würde

Die Frau am Fenster

An diesem Wald
wohnte sie als Kind
das Paradies
wuchs in die Welt
so die unbenannte Hoffnung
doch man rodete die Welt
den Wald
Für Widerstand
schien sie zu schwach
Heute freut sie sich
über einen Baum
vor ihrem Fenster

Urlaub vom Pütt

das Schachbrett steigt nicht auf 2000 Meter
es spielt im Schatten raubeiniger Lärchen
auf Skabiosen Disteln Flockenblumen

ich wandere durch Wolken
von Wiesenvögelchen
Bläulingen Mohrenfaltern
Feuer und Perlmutt
stehe ich still sinken sie
auf Eselsäpfel Gamslosung
feuchte Erde

über 2000 Meter versterben
Alpenapollo
zu raschelndem Papier

Ich liebe dich
du bist mein Mann
doch bist du groß

zu breit zu laut
vertreibst die Tiere
noch **ehe** ich sie
sehen kann

Emscherspaziergang Sonntag Februar – ein Wahrnehmungsstrom

Neuer Drahtzaun Holzbohlen Regen Entenquaken
Sträucher Gras Eichenblätter Ahornblätter rote
Plastikwanne Malerrolle Bildschirm in Sträuchern
Brombeerlianen Stacheldraht rosa Schneebeeren zerbrochene Glaslampe Schneckenhaus Plastikflasche
Plastikdrainage Moos Folie Haselstrauch Labkraut
Bierflasche Rotkehlchen Hartriegel Hartriegel Hartriegel Brombeerbusch Brombeerbusch Löwenzahn
Löwenzahn Löwenzahn Labkraut Plastiktüte Labkraut Moos Moos Moos Moos Moos Haselnuss
Emscherblick Stockenten Weidenkätzchen Weidenkätzchen weiß behaart Weidenkätzchen gelb blühend
Brombeerbusch Schwanzmeise Schwanzmeise
Schwanzmeise Brombeerbusch Gras Laub Labkraut
Robinien-Samenhülsen Kirschbaum Moos Wiesenschaumkraut Brombeerlianen Krähenrufe Schmetterlingsflieder Maulwurfhügel Gras Brombeerbüsche
Plastikfolie Kornelkirsche gelbe Blüten erstes Laub
oh! Fasanruf von der Halde! Klette Kirschpflaume
frisch erblüht Schlehe Moos am Stamm Emscher
schlammiges Ufer Krickente Stockerpel Baumstämme rissige Rinde Moos an Rinde Findling
Plastikfetzen im Gebüsch Hartriegel Stockente
zerbrochener Regenschirm Glasflasche Schnapsflasche Krickente Stockentenmännchen Stockentenweibchen Schnatterentenmännchen Quak Quak
Quik Quik Robiniensamenhülsen Löwenzahn
Labkraut Haselnusswürmchen Kratzdistel vertrocknet Moos Moos Moos Moos Moos Gras Gras

Labkraut Brombeerbusch Brombeerbusch Regen
Zaunpfosten Zaunpfosten Zaunpfosten Draht Draht
Drahtzaun Sträucher Sträucher Sträucher Knospen
an Sträuchern Haselnuss-Kätzchen Eichenblätter
vom Vorjahr Knospen an Sträuchern Hartriegel
Rotkehlchengesang Sträucher Sträucher Sträucher
rissige Rinde erste Blätter Wiesenschaumkraut blüht
Taschentuchpackung Folie Blick auf Emscher
Krickentenweibchen Krickentenmännchen Weibchen
Schnatterenten Kirche am Horizont Feld grünes Feld
Haselnuss Haselnusssträucher Brombeerbusch Brom-
beerbusch Moos Moos Zaun Zaun Zaun Blick auf
Emscher Steininsel Kormorane Radfahrer Moos
Maulwurfhügel Maulwurfhügel Hartriegel Stoc-
kentenquaken Blick auf Emscher Stockenten-
männchen Rotkehlchen Hartriegel Moos Moos Moos
Gras Gras Gras Entenquaken schlammiges Ufer ge-
trocknetes Gras Knospen am Schlehdorn Brombeer-
busch Brombeerbusch Fasanenknarren von der
Halde her Holzbohle Holzbohle Holzbohle Draht
fehlt Holzbohle Draht Wiesenschaumkraut Wiesenschaumkraut Labkraut Brombeer Brombeer Zaun
Zaun Zaun Zaun Weidenbaum rissige Rinde Kornelkirsche gelbe Blüte rissige Rinde Kaffeebecher
Kaffeebecherdeckel McDonaldsverpackung blaue
Plastiktüte grünender Liguster Liguster Moos Stamm
Blick auf Emscher morastiges Ufer Rauschen? Kanaldeckel Brombeerbusch Brombeerbusch Zaun Draht
Blick auf Emscher Wasserstrudel Stockenten-
männchen Weibchen Plastikbecher rissige Rinde
Baumstämme Spitzwegerich Brombeerbusch Brücke

Rückweg

umgekippter Baum Kanaldeckel Gras geschnittener
japanischer Knöterich vertrockneter Engelwurz oder
Bärenklau kann ich im Winter nicht unterscheiden

Stöckchen Pfütze Fahrspur Löwenzahn altes Nest im Baum rissige Rinde moosbewachsene Rinde Brombeerbusch Brombeerbusch Brombeerbusch Graben Knospen kahle Äste Beinwell frisch Scharbockskrautblätter neue Distelblätter Moos auf abgebrochenen Rindenstücken Moos auf abgebrochenen Ästen Vogelkirschen vom letzten Jahr Graswall abgebrochene Äste Hartriegel Plastiktüte im Strauch Knospen Flechten Moose auf kahlen Ästen Kätzchen Amselmännchen auf Kätzchenzweig schwarz gelber Schnabel Moos auf abgebrochenen Ästen Graswall Moos auf Ästen Brombeerlianen am Horizont Dorf Kirche Feld Zaunpfahl Zigarettenpackung Gras Eichenlaub Plastiknetz von Meisenknödel Feld-Ahorn-Blätter? Berg-Ahorn-Blätter? klein und rund jedenfalls Kanal Pfahl mit roter Spitze Knospen Geräusch kein Mensch mossbewachsene Äste Lichtung auf der Halde bunter Kanaldeckel Gras auf Lichtung Gras Gras Gras vertrocknetes und frisches Wolken Wolken Wolken blauer Himmel blauer Himmel Robiniensamenhülsen Pfütze Schlamm Fußabdrücke gerissenes Gras Schlamm Fußspuren Zettel Fußspuren Schlamm schwarzes Plastik Tau im Gras Regen im Gras Amselmännchen flüchtet in Brombeerbusch raue Robinienstämme Scharbockskraut Scharbockskraut Scharbockskraut Robinie Robinie altes Nest Plastiktüte Brombeerbusch Brombeerbusch Speicher am Horizont Kratzdistel vom Vorjahr Kälte Kälte Kälte Brombeer Meisenpiepen Meisenpiepen Zizibe Zizibe Ahornblatt Robiniensamenhülsen Ahornblatt Plastik Schlamm Fußspuren Windrauschen große Ahornblätter Kanaldeckel gerodete Halde Plastik Mountainbikefläche Bank kaputter Drucker Weg zum Parkplatz frische Blätter Moos Morast Erde Schnittlauch Schnittlauch Schnittlauch Knoblauchrauke Brett Tetrapack Brombeer Pfütze Fahrspuren Handschuh in Ästen Chipstüte Brom-

beerbusch Hundekottüte Straßengeräusche Absperr-
band Schild Drahtzaun Kleidung Kappe Feuerzeug
McDonaldverpackung zwei Kondome Leitplanke
Autos Mülleimer Falke giggernd hassende Krähen.

Kerstin Liemann

Umweggefährten

Der Himmel war grau, Regenwolken hingen tief über der Landschaft und seit ein paar Tagen auch über meiner Seele. Meine Schwermut und ich saßen am Schreibtisch – eine selbstauferlegte erzieherische Maßnahme mit dem Ziel, in Zeiten seelischen Kelleraufenthaltes lieber IRGENDETWAS zu tun, als ins Grübeln zu verfallen. Während ich meine Dateien sortierte, fiel mein Blick auf den Ordner Lyrik. Den hatte ich lange nicht mehr geöffnet, und ich fragte mich, was die Texte heute bei mir auslösen könnten. Würden sie mich bewegen? Würde ich ihren Inhalt noch nachvollziehen können?

Selbstverständlich kannte ich meine Texte, schließlich hatte ich sie selbst geschrieben. Aber sie waren ja im Zusammenhang mit bestimmten Gefühlen und Ereignissen entstanden, als eine Momentaufnahme, einen äußeren Kontext begleitend. Die noch ungeöffneten Dateien wurden mit einem Mal für mich zu einer Art Büchse der Pandora, und ich konnte dem Impuls, sie zu öffnen, nicht widerstehen. Naiv hoffnungsfroh klickte ich die Datei namens Müde an.

Müde

Wenn ich mich auf den Weg machen will
Dann muss
Ich mir Schnürschuhe anziehen
Mit hohem Schaft
Und langen Schnürsenkeln

Während andere in ihre bequemen Sneaker gleiten
Und einfach durch ihr Leben spazieren
Muss ich
Erst einmal die Füße in die Schuhe bekommen

Mit dem Schuhanzieher
Versuche ich, sie hinein zu hebeln
Aber es ist zu eng
Ich muss
Erst die Schnürsenkel weiter lösen
Damit der Schaft offener wird
Und die Füße
Auf die Sohlen sinken können

Die Socken bleiben jedoch
Am stumpfen Innenfutter hängen
Und zwängen dabei meine Füße ein
Wie bei einer Geisha

Sind sie endlich im Schuh angekommen
Muss ich
Die langen Schnürsenkel
Wieder strammziehen
Loch für Loch
Reihe für Reihe
Schuh für Schuh

Dabei reißt einer der Senkel
Und ich muss
Den Rest davon nun so verteilen
Dass ich trotzdem losgehen kann

Endlich unterwegs, bemerke ich
Dass sich das Wasser der Pfützen
Durch die kaputten Sohlen drückt

Ich muss
Mir wohl neue Schuhe kaufen
Aber es ist zu befürchten
Dass mir das Leben für meine Wege
Niemals Sneaker schenken wird

Wie sehr ich mich nach bequemen Spaziergängen sehne

«Wie traurig!», meldete sich Lilli.
Lilli, das muss ich Ihnen vielleicht kurz erklären, ist mein Alter Ego. Ich weiß nicht, wie Sie das so mit Ihren inneren Stimmen halten, aber ich habe meiner irgendwann mal einen Namen gegeben: Lilli. Sie glauben jetzt vielleicht, ich rede mit mir selbst, und möglicherweise ist es auch ein wenig so, aber besser ein inneres Regulativ als gar keines, finde ich. So nervig und anstrengend sie zuweilen ist – ich schätze Lilli sehr. Sie ist meine interne Verantwortliche für Blickrichtungswechsel. Also...

«Wie traurig!», meldete sich Lilli. »Und so hoffnungslos.»
«Ja,» antwortete ich, «aber so ist es nun mal in meinem Leben. Nichts geht einfach so, alles ist mühsam, überall lauern Hindernisse. Das macht mich müde, unendlich müde.»
«Du hast doch Menschen, die dir helfen.», gab sie zu bedenken.
«Ja, schon,» entgegnete ich, »aber manche Dinge kann man eben nur alleine lösen. Wie schön wäre es, wenn mal irgendetwas einfach so klappen würde.

Aber das tut es bei mir nicht. Nie. Nicht, solange ich mich erinnern kann.»

«Du benutzt Ja-Aber-Sätze.», wies mich Lilli zurecht.

«Du willst aber keine Ja-Aber-Sätze benutzen.»

Ihre Rechthaberei machte mich schlechtlaunig. Andere Menschen mussten sich nicht mit so renitenten Alter Egos herumschlagen. Die bollerten offensichtlich ohne jeden Selbstzweifel durch das Leben. Ich wollte das auch. Ich wollte endlich meine Ruhe! Lilli akzeptierte das und zog sich zurück.

Das Gedicht begleitete mich an den darauffolgenden Tagen. Es drückte unendlich viel Hoffnungslosigkeit aus, da hatte Lilli Recht. Aber offensichtlich war es genetisch programmiert, dass mir das Leben pausenlos Steine in den Weg legte. Vielleicht stand am Auslieferungsfließband für neue Erdenbürger irgendwo ein Engel mit einem Klemmbrett in der Hand und sagte: »Nee, die da noch mal zurück zu mir, die bekommt einen Sack Steine dazu.» Es stand außer Frage, dass alles sehr viel schlimmer sein konnte, darüber war ich mir im Klaren. Aber dies hier war mein Leben und das erschöpfte mich. Warum ging es nicht ein einziges Mal einfach problemlos geradeaus?

Mein Aufenthalt im Seelenkeller hielt noch eine ganze Weile an, bevor ich dann an einem Sonntag endlich die Treppe erklomm. Im Bett liegend, genoss ich die Stille des frühen Morgens, hörte die Vögel zwitschern und freute mich über die warmen Strahlen der aufgehenden Sonne. Die Welt erschien mir leichter, hoffnungsvoller. Ich griff zum Buch auf dem Nachttisch: *John von Düffel: Das Wenige und das Wesentliche.*[1] Das Lesebändchen zeigte mir, bis wo ich gekommen war. Die nächsten Zeilen waren:

«Jeder Gang ist ein Umgehen
Mit dem Unverfügbaren
Jeder Weg ein Umweg
Die Abweichung von der idealen Linie
Ist der Beginn der Erfahrung[1]»

Erstaunt ließ ich das Buch sinken und prompt mischte sich Lilli wieder ein.

»Ach, sieh einer an! Da hast du deine Lösung!» Sie triumphierte geradezu, was mich ohne Umweg in den Widerstand trieb.

«Was meinst du?», stellte ich auf stur.

«Du guckst falsch drauf! Jedes Mal, wenn das Leben dir Steine in den Weg legt, denkst du, es seien Hindernisse.»

«Und was soll ich jetzt stattdessen denken? Dass es goldene Pflastersteine sind, oder was?»

«Das sind keine Hindernisse – es sind Erfahrungen! Jedes Mal, wenn es nicht einfach so geht, musst du nach Lösungen suchen und findest neue, andere Wege. Die hättest du nie beschritten, wenn es einfach geradeaus gegangen wäre.»

Ich begann sie zu hassen, diese Klugscheißerin. Immerhin hatte ich es mir im Untergeschoss meiner Seele schön eingerichtet, ich wusste, wie es da aussah, ich war da oft genug zuhause.

«Wird das jetzt ein Kalenderspruch, oder was?», fragte ich bockig. «So nach dem Motto: Wenn dir das Leben Zitronen schenkt, mach' Limonade draus?»

«Naja, sowas in der Art. Sieh es doch einfach mal so: Wer nie auf Umwegen unterwegs ist, der macht auch weniger Erfahrungen. Und wenn wir, wie du immer sagst, die Summe unserer Erfahrungen sind, dann bist du doch viel reicher an Erfahrungen als andere, die es möglicherweise einfacher haben. Dein Leben ist bunter, wenn du so willst, und dein Horizont weiter.»

Ihre Argumentation hatte was, das musste ich zugeben. Sollte es wirklich so einfach sein? Würde sich mein Blick auf das Leben möglicherweise zum Positiven ändern, wenn ich meine Herausforderungen mit einer anderen Brille auf der Nase betrachtete? Ich ließ mir das einige Tage durch den Kopf gehen. Dann fasste ich den Entschluss, es zu versuchen.

«Ich habe den letzten Absatz meines Gedichtes geändert.», sagte ich beiläufig zu Lilli.
«Aha.» Sie war skeptisch. »Wie klingt das?»

«Da heißt es jetzt:

Ich muss
Mir wohl neue Schuhe kaufen
Und wenn mir das Leben
Wieder keine Sneaker schenkt
Wann vielleicht
Weil sie nicht stabil genug sind
Um mich zu meinen Zielen zu tragen.»

«Schon besser», lächelte sie. «So gefällst du mir.»
«Den Titel habe ich auch geändert.», ergänzte ich friedfertig.
«Das Gedicht heißt jetzt *Vertrauen*.»

(1) John von Düffel: Das Wenige und das Wesentliche – Ein Stundenbuch. DuMont-Buchverlag Köln, 2022, S. 44

Jochen Mariss

Die Linie

Jakob Jablonsky stellt den schwarzen Rollkoffer auf dem Bürgersteig ab und schaut an der Fassade des Altbaus hinauf. Da oben rechts, das sind die Fenster seiner neuen Wohnung, zweiter Stock, Südseite, Blick über die große Kreuzung. Das Haus kommt ihm feindselig vor, die Fenster sehen düster und abweisend aus. Aber das ist ja auch kein Wunder. Wenn man der unglücklichste Mensch des Universums ist, dann sieht eben alles düster und abweisend aus.

Jakob Jablonsky geht auf die Haustür zu, der Rollkoffer rumpelt hinter ihm über den Bürgersteig. Er zieht an dem goldenen Türknauf und tritt durch die schwere Eingangstür. Vor ihm liegen die sieben oder acht Meter Flur, die er von nun an jeden Tag durchqueren wird. Schummrig ist es hier, der Flur kommt ihm vor wie ein Tunnel. Sein ganzes Leben war ein Tunnel in den letzten Monaten. Erst hat Eva sich von ihm getrennt und dann hat sie ihn auch noch vor die Tür gesetzt. Die neue Wohnung könnte das Licht am Ende dieses Tunnels sein, die Wohnung, die ihm sein Großvater vermacht hat. Einer der Briefkästen quillt über, auf der Klappe klebt der blau-weiße Aufkleber des 1. FC Brambeck. Das ist der Briefkasten seines Großvaters. Gegenüber hängt eine Tafel, auf die jemand mit Kreide geschrieben hat: Sperrmüll am

Mittwoch. Es riecht nach feuchten Wänden und nach fremden Menschen.

Der Brief seines Großvaters fällt ihm ein, er kam am Freitag, eine Woche nach der Beerdigung. Ein Brief von einem Toten. Irgendjemand muss ihn für seinen Großvater eingeworfen haben. Vielleicht einer der sechs Fußballkumpel, die mit blau-weißen Schals um den Hals den Sarg trugen? Jablonsky hat den Brief bei sich, das beige Kuvert steckt in der Innentasche seiner Anzugjacke. Er zieht es heraus, öffnet den Umschlag und überfliegt noch einmal die Zeilen, die sein Großvater mit zittriger Hand hingekritzelt hat:

Jakob, mein Junge! Ich glaube, was Du jetzt am dringendsten brauchst, ist eine Wohnung. Die Sache ist die: Der große Schiedsrichter ist gerade dabei, mein Spiel abzupfeifen, und wenn Du das hier liest, werde ich mir den Rasen wohl schon von unten ansehen. Ich könnte Dir also meine Bude vermachen, mit dem ganzen Krempel, der drinsteht. Allerdings knüpfe ich dieses Angebot an eine Bedingung: Ich möchte, dass Du einmal am Tag etwas tust, das Du noch nie getan hast. Ein Jahr lang, jeden Tag, dann gehört die Wohnung Dir. Solltest Du Deiner Aufgabe nicht nachkommen, wird die Wohnung über meinen Notar verkauft und der Erlös fällt dem 1. FC Brambeck zu. Vielleicht kommt dir diese Bedingung vor wie ein unnötiger Umweg. Aber glaub mir, mein Junge, am Ende lohnt sich dieser kleine Schlenker. Also, Jakob, Du hast die Wahl. Lebe wohl – Dein Großvater

Mit einem Seufzer steckt Jablonsky den Brief wieder ein. Etwas, das er noch nie getan hat, einmal am Tag, ein Jahr lang. Er schüttelt den Kopf, nein, das muss nun wirklich nicht sein. Er wird morgen damit anfangen.

Von wegen!, meldet sich die Stimme seines Großvaters in seinem Kopf. *Du fängst heute an! So schwer ist es doch gar nicht, Jakob. Siehst du das Stück Kreide unterhalb der Tafel? Damit kannst du was machen. Lass dir etwas einfallen.*

Jakob Jablonsky nimmt das Kreidestück von der Ablage unter der Tafel und dreht es zwischen den Fingern. Er horcht, es ist still im Haus. Niemand wird ihn sehen. Also schön, er bückt sich und beginnt, eine weiße Linie auf den gefliesten Boden zu zeichnen. Den Koffer hält er mit der linken Hand, mit der Rechten zieht er die Linie durch den Flur, vorbei an der langen Reihe der Briefkästen. Er hat ein mulmiges Gefühl. Gebückt malt er den weißen Strich und schnauft bei jedem Schritt, als er auf die Treppe stößt, richtet er sich auf. Das muss reichen.

Nichts da!, brummt der Großvater. *Du willst doch jetzt nicht aufhören. Komm schon, Jakob, es ist nur Kreide.*

Jablonsky seufzt, nach einem kurzen Zögern bückt er sich wieder und lässt das Kreidestück Stufe für Stufe in den ersten Stock hinaufkriechen. Den Rollkoffer trägt er am Griff. Ihm wird warm. Als er auf dem Treppenabsatz nach links abbiegen will, hört er ein Geräusch. Was war das? Ist da jemand im Treppenhaus? Auf keinen Fall möchte er dabei erwischt werden, wie er hier die Treppe beschmiert.

Jablonsky lauscht. Nein, da ist nichts. Halb sitzend, halb kriechend führt er die Linie fort, die Treppe in den zweiten Stock hinauf, zieht den Koffer nach, erreicht den Treppenabsatz und stößt hier auf ein Paar grüne Wanderschuhe, die seiner Linie ein Ende setzen.

Es sind derbe Schuhe. Die Waden, die darin stecken, sehen robust aus. Er hebt den Blick, über ihm ragt eine weibliche Person auf, die er noch nie gesehen hat, ein imposantes Gebirge aus üppigen Hügellandschaften, eingehüllt in einen grasgrünen Poncho, auf dem hunderte Gänseblümchen sprießen. Vom Gipfel dieses Massivs strahlt ihm ein rotwangiges Lächeln entgegen.

«Blum», zwitschert es fröhlich auf ihn herab. «Juliana Blum. Sie sind bestimmt der Neue, nicht wahr?»

Sie streckt ihre kräftige Hand zu ihm herunter.

Er drückt ihre Hand, will sie wieder loslassen, doch Frau Blum hält ihn fest. Etwas Angenehmes strömt aus ihrer Hand in seine – nein, es strömt nicht, es wächst, wie eine Ranke, die seine Haut durchdringt, die sich entlang seiner Venen in seinem Körper ausbreitet, die sein Herz erreicht, es mit Blättern überzieht, mit weißen Blüten und mit einem Duft, der ihn schwindeln lässt.

Juliana Blum sieht ihn mit hochgezogenen Augenbrauen an, sie will seinen Namen wissen.

«Jablonsky», stellt er sich vor.

Endlich lässt Frau Blum ihn los. Ihre Augen folgen der weißen Linie. Bestimmt wird sie sich jetzt beschweren. Sie wird ihn fragen, was das soll, sie wird verlangen, dass er das Treppenhaus wischt. Aber Frau Blum sagt nichts. Im Gegenteil, sie nickt anerkennend, so als würde sie ein gelungenes Werk bewundern.

Jablonsky will etwas sagen, etwas, das die Sache mit der Linie erklärt, er will aufstehen aus seiner lächerlichen Position auf den Treppenstufen, aber er kann nicht. Wie festgeklebt hockt er da, das Äußerste, wozu er imstande ist, ist ein Griff in seine Jackentasche. Er holt die angebrochene Tüte mit den Salzstangen heraus und hält sie Juliana Blum entgegen.

Sie beugt sich zu ihm herunter und zieht drei Salzstangen aus der Tüte. «Ich wohne über Ihnen.» Frau Blum deutet mit den Salzstangen nach oben.

Jablonsky bringt ein schiefes Lächeln zustande, sein Kopf ist leer, sein Herz pocht. Vielleicht sollte er sich lieber wieder der Linie zuwenden. Er senkt den Blick, zieht mit dem Kreidestück einen Bogen um Juliana Blums Wanderschuhe und setzt die weiße Linie hinter ihr fort, bis sie die Wohnungstür auf der rechten Seite des zweiten Stocks erreicht.

Jablonsky schließt auf, gerade will er in der Wohnung verschwinden, da macht Frau Blum einen Schritt auf ihn zu: «Sagen Sie, das J», sie streicht eine Strähne ihrer Goldhaare hinters Ohr und deutet mit ihrem Kopf auf das Namensschild, das sein Großvater neben der Tür für ihn angebracht haben muss, «Jakob J. Jablonsky, wofür steht das J?»

Jablonsky wirft einen Blick auf das Schild und schaut wieder zurück zu Frau Blum. «Joshua.»

«Joshua», wiederholt Frau Blum bedächtig. Sie schmatzt leise, als würde sie seinen Namen abschmecken. Dann sagt sie: «Ich werde Sie Josh nennen.» Sie nickt bekräftigend. «Na dann, Josh, ich drehe eine Runde durch den Wald.»

Damit stapft sie entlang seiner Linie die Treppe hinunter.

Jablonsky schließt auf und betritt die Wohnung seines Großvaters.

Als Erstes macht er die Fenster weit auf.

Kerstin Nethövel

Sommer vorm Balkon

Ab und zu kommt es immer noch vor, dass ich irgendwo ein paar Zeilen von Meret finde. Kurze, auch zärtliche Nachrichten, einen Gruß, einen Gedanken. Als Lesezeichen begegnen sie mir in den Büchern oder wenn ich eine Schublade aufziehe. Aus den Bars und Cafés nahm Meret Postkarten mit, griff beim Rausgehen die bunten Edgar-Freecards aus dem Kartenständer und schrieb ihre Nachrichten zu Hause auf die Rückseiten. Ich fand die Botschaften auf dem Küchentisch oder auf der Kommode im Flur. Als ich sie fand, wusste ich noch nicht, dass sie einmal bedeutsam sein würden. Irgendwann hatte Meret mir aufgeschrieben, wer ihr in dieser Stadt wichtig geworden war. Am Anfang fuhr sie regelmäßig in ihre alte Heimat zurück. Manchmal an jedem Wochenende. Meret hatte drei Namen für mich notiert. Sie sagte stolz, es seien mittlerweile mehr Leute hier als in ihrer alten Heimat, die ihr etwas bedeuteten. Zu diesem Zeitpunkt fuhr sie schon nicht mehr an jedem Wochenende zurück. Außer an meinen eigenen Namen erinnere ich mich noch an Roland, ihren Automechaniker. Welcher Name der dritte auf der Liste war, fällt mir nicht mehr ein.

Woher weißt du, wo dein Zuhause ist?, hätte ich sie gern gefragt. So oft war sie umgezogen, ihre Mutter lebte nicht mehr. Und auch hier würde sie nicht bleiben. Ich wusste nicht, ob sie selbst es auch schon wusste, aber ich war mir ganz sicher, dass sie hier nicht bleiben würde. Sie würde wieder fortgehen, vielleicht zurück aufs Land, vielleicht in eine andere Stadt. Es schien nicht von ihr abhängig zu sein. Auch als sie noch da war, hatte ich bei Meret immer den Abschied mitgedacht. Und als sie eines Tages tatsächlich wieder fortzog, war ich nicht überrascht. Vielleicht geht Abschied leichter, wenn man darauf vorbereitet ist. Ich saß in ihrem alten Zimmer, das leer war und hohl klang. Jeden Tag ging ich in ihr Zimmer, saß auf dem Holzboden oder auf der Fensterbank, die Flügel weit geöffnet, und wartete. Ich schaute hinunter auf die Straße oder starrte die Wände an, als suchte ich dort den Abdruck von etwas, das Meret hinterlassen hatte. Ich suchte die Lücke, an der ich unsere Nähe messen wollte.

Woher weißt du, wo dein Zuhause ist?, hätte ich sie gern gefragt. Sie habe nie viel dabei, sagte sie beim Einzug, aber man merke sofort, wenn sie angekommen sei. Mit wenigen Handgriffen machte sie sich tatsächlich meine Wohnung zu eigen. Ich bewunderte sie für ihre Entschlossenheit fortzugehen, aufzubrechen. Ich sehe sie noch in meiner Küche stehen, gegen den Spülstein gelehnt. Sie erzählte, dass ihre Mutter Stepperin war. Sie hat getanzt?, fragte ich. In einer Schuhfabrik hat sie gearbeitet!, lachte Meret. In der Küche saßen wir auch, wenn wir spät nach Hause kamen. Meret mixte Getränke und goss nach, bevor die Gläser leer wurden. Es war, als ob sie nicht allein gelassen werden wollte, als ob sie durch das Nachfüllen der Gläser etwas hinauszögerte. Und obwohl sie sich nie entschließen konnte, ins Bett zu gehen, war meistens sie es, die zuerst einschlief. Ihr Schlaf war so leise, dass ich ihre Atemzüge nicht hören konnte. Ich horchte eine Weile in die Stille und berührte Meret sanft, um eine Regung zu bekommen.

Ich bedauere es, in einem Frauenhaushalt aufgewachsen zu sein!, schrieb sie einmal auf eine Postkarte. Wir hatten nachmittags bei Roland in der Werkstatt gesessen. Autos waren aufgebockt, Ölflecken schimmerten am Boden, die Kaffeemaschine gurgelte, das Radio spielte. Rolands Tochter kam vorbei oder war schon da, scherzte mit ihrem Vater, beachtete uns kaum, und als sie kurz darauf wieder ging, verabschiedete er sie mit einem Klaps auf den Po. Meret hatte in dieser Geste etwas erkannt, das sie früher nicht gehabt hatte. Für sie waren die hingeschriebenen Worte eine Art Bestandsaufnahme, sie fasste etwas zusammen, eine Erkenntnis, eine Situation. Wir saßen in Cafés, beobachteten Menschen, vergewisserten uns mit schnellen Blicken einer Empfindung, eines gemeinsamen Gedankens oder ließen vergangene Abende Revue passieren. Ich mochte die Art, wie sie ihre Zigarette hielt, und wir malten uns aus, wie gut sie in die Gauloises-Werbung passen würde. Sie war die Frau, die auf dem Rand des Springbrunnens saß. Auf die Postkarte schrieb Meret: Liberté toujours! Einmal wurde an der Bar im Café Lorenz ein Werbefilm gedreht. Wir saßen da und taten das, was wir den ganzen Sommer über taten, und waren zwei schemenhafte, unkenntliche Gestalten am Rand des Bildes in einem Werbefilm, den wahrscheinlich nie jemand zu Gesicht bekam. Vielleicht war es erst dieser Film, der uns an die Frau auf dem Gauloises-Plakat denken ließ, aber die Art, wie Meret ihre Zigarette hielt, hatte mir schon immer gefallen.

Auf einem unserer Streifzüge durch die Stadt entdeckten wir ein Haus mit zwei Eingängen. Wir stießen die schwere Holztür auf, die angelehnt stand. Durch das Halbdunkel des Treppenhauses gelangten wir über den schattigen, grünen Innenhof in den Hof eines anderen Hauses und fanden uns schließlich in einem Hausflur wieder, der uns in eine andere Straße entließ. Das Hinaustreten ins Licht war wie ein Auftauchen aus der Tiefe eines Brunnens oder einer kühlen Grotte. Wir mochten das Haus mit den zwei Ausgängen und nahmen gern den Weg durch die dunklen Flure und ineinander übergehenden Höfe. Wie die Statisten in dem Werbefilm, die kurz davor waren, aus dem Bild herauszutreten, verschwanden wir durch den Türspalt im Halbdunkel des Treppenhauses.

An all das dachte ich und starrte die Wände an und suchte nach unserer Geschichte. Ich hätte gern die Wände abgetragen und jeden Stein umgedreht, um sie zu finden. Die hingeschriebenen Botschaften schienen das einzige zu sein, das von Meret zurückgeblieben war, Überbleibsel eines Sommers: P. hat angerufen und wollte wissen, wo Du bist. Ich sagte, Du bist unterwegs und suchst den perfekten Zeitpunkt für einen Neubeginn. Habe ich zu viel verraten? Wecke mich, wenn Du kommst! Nicht einmal ein gemeinsames Foto gab es von Meret und mir. Ich wehrte den Gedanken ab, dass die gemeinsam verbrachten Stunden, Tage und Nächte nur eine Reihe von Eindrücken und Augenblicken gewesen waren. So kam es mir vor, als ich die einzelnen Nachrichten von Meret eine neben die andere auf dem Boden in eine Reihe legte und zu einem Ganzen zusammenfügen wollte. Als Ganzes ergaben sie keinen Sinn, wie auch immer ich sie anordnete. Sie waren austauschbar. Beliebig. Wie die Motive der Edgar-Freecards. Ein flüchtiger Gruß aus dem Café. Die einzige Verbindung zwischen diesen Botschaften, die mich all die Wochen hindurch begleitet hatten, war ich selbst. Ordnete ich die Zeilen zu einem Kreis, dachte ich an eine Uhr und an die Zeit, die abgelaufen war. Vielleicht gab es über uns einfach nicht mehr zu sagen. Oder Abschied war etwas, an das man sich gewöhnen musste. Die Lücke, an der ich unsere Nähe messen wollte.

Monate später schrieb ich einen Brief an die Adresse, die sie mir hinterlassen hatte. Ich freute mich jeden Tag auf ihre Antwort und überlegte, wie schnell ich aufbrechen könnte, wenn sie mir eine Einladung schicken würde. Und eines Tages fand ich tatsächlich einen Brief im Postkasten. Ich starrte darauf, und es dauerte eine Weile, bis ich endlich begriff. Der Brief, den ich aus dem Briefkasten gezogen hatte, war nur mein eigener. Er trug den Postvermerk: Empfänger unbekannt verzogen.

Edith Niedieck

Die Fremde

Sie hatte mich nicht gefragt. Ob sie durfte. Ob es mir überhaupt in den Kram passte. Sie setzte sich einfach zu mir. In einem völlig leeren Café. Ich hatte sie noch nie hier gesehen. Es war Mittagszeit. Es war heimelig. Regen prasselte gegen die bodentiefen Fensterscheiben. Auf meinem Tisch dampfte eine heiße Schokolade, während ich die Einkaufstüten sortierte – juhu, das wird ein Fest, Ida Feldmann. Ich strich über mein neues rotes Etuikleid. Es passte wie angegossen. Ein Schnapper kurz vor Geschäftsschluss. Meine Vorfreude auf den heutigen Abend – Heiligabend! – war kaum noch zu steigern. Ob Till den Baum schmückte? Ein Paket für mich schnürte? Eigentlich beschenkten wir uns nicht, aber heute vielleicht doch? Till sagte oft: vielleicht. Ich beschloss, mich auf das «Vielleicht» zu freuen.

Mit Blick auf den Weihnachtsmarkt rührte ich im Kakao. Ein Pudel wartete geduldig darauf, dass sein Herrchen den Glühwein austrank. Ich versuchte die Fremde zu ignorieren, aber es gelang mir nicht. Sie starrte mich durch ihre Brillengläser an. Dezentes Make-up, brauner Zopf und kein Schmuck wirkten so entspannt, wie ich es eher selten war.

«Ich glaube, wir sind uns noch nicht begegnet», sagte sie.

«M-mh.»

«Sauwetter, finden Sie nicht?»

Ich nippte am Kakao.

«Schnee wäre jetzt nett», fuhr sie fort und begann zu summen. Es klang wie ein Gutenachtlied, es klang schön. Dabei ließ sie einen Finger nach dem anderen knacken. «Sie reden nicht gern?»

Ich zupfte am Kleid.

«Ich bin mir sicher, dass ich etwas weiß, das Sie interessieren wird. Es geht um Ihren Mann.»

«Um meinen Mann? Till?»

«Wieso? Haben Sie mehrere?»

Ich knetete die Hände.

«Er ist Bildhauer, richtig? Und er hat ein Geheimnis.»

«Wer hat keins?»

«Genau. Doch seins ist besonders.» Die Fremde zwinkerte mir zu. «Till. Ein schöner Name. Als ich ihn kannte, hieß er Karl. Karl Heider. Hatte er das nie erwähnt? Damals war er noch blond.»

«Was wollen Sie mir eigentlich erzählen?»

«Er war mit meiner besten Freundin verheiratet.»

«Na und?»

«Er hat sie ermordet und ...»

«Ermordet?»

«... und er ist davongekommen.»

«Was reden Sie denn da? Warum sollte er das tun? Jemanden töten ...»

«Nun, meine Freundin hatte ihn fett im Testament bedacht, damit bewegte sie sich auf dünnem Eis.»

Ich dachte an mein Haus, mein Geld.

«Er fertigt Skulpturen aus Beton, habe ich recht? Ich habe nach ihm gesucht. Jahrelang. So wie nach dem Leichnam meiner Freundin.»

«Ich glaube Ihnen kein Wort!»

«Klar. Es tut mir auch leid, dass Sie das über Umwege erfahren müssen. Aber haben Sie nie von der unheimlichen Entdeckung in der Spree gehört? Weiß doch jeder! Vor dreizehn Jahren sollten Taucher zur Sicherheit des Berlin-Triathlons die Schwimmstrecke überprüfen und stießen auf zwei Betonblöcke mit einbetonierten Knochen. Die Polizei vermutete zunächst Mafia-Hintergründe, da die Funde an Betonschuhe aus Filmen erinnerten. Doch die Objekte führten zu Karl ... ähm ... Till, der erklärte, es handele sich um Reste einer Aktionskunst. Er habe die Werke für eine Ausstellung in den Hafen gebracht und hinterher auf dem Kai stehen lassen. Plötzlich seien sie weggewesen, hatte er ausgesagt. Bald darauf entpuppten sich die Knochen als Teil eines Kunststoffskeletts. Meine Freundin blieb spurlos verschwunden. Ihr Fall wurde zum Cold Case. Und Till wurde von jedem Verdacht freigesprochen. Aber ich weiß, dass er schuldig war. Er hatte sie getötet. Oder was glauben Sie, warum er seine Identität geändert hat?»

Mein Herz raste. Ich verstand nichts, nichts. Und ich verstand nicht, dass mir mein bisheriges Leben einfach so davongaloppieren wollte, aber sein altes mich offenbar einholte. Till hatte lange als Künstler in Madrid gelebt, bevor er nach Berlin zog. Vor zehn Jahren hatten wir uns hier kennengelernt. Heirateten spontan. Er wollte keine große Trauung. Lebende Verwandte gab es keine mehr. Unsere Freundeskreise beschränkten sich auf Arbeitskollegen. Wen hätten wir einladen sollen? Kurz zuvor hatte er sich wohl von einer Frau getrennt. Ansonsten war mir seine Vergangenheit so fremd wie die Fremde im Café. Aber sie führte mich zum Nachdenken in den eigenen inneren Keller. Ohne ein Sterbenswörtchen stand ich auf. Zahlte. Ging.

Zitternd ließ ich langsam die Tür hinter mir ins Schloss fallen. Es dämmerte. Der Baum war geschmückt. In der Küche tickte eine Uhr. Ich leerte die Einkaufstüten, stellte die Töpfe auf den Herd. Legte mir ein

Parfüm auf, versuchte die toxische Stimmung in duftende Watte zu packen. Mit Till hatte ich nach dem Glück gehascht, bis dass der Tod uns scheidet. So war ich erzogen worden. So perfektionierte ich meine Welt, aber sie war nicht heil. Meine Disziplin verbot es mir, laut zu werden, obwohl ich wusste, dass er sich mit anderen Frauen traf. Ja, ich hatte geschnüffelt. Ja, er machte mir schon lange das Leben schwer. Und ja, ich hoffte, dass es irgendwann aufhörte. Aufhörte zu schmerzen. Wie ein Splitter, der unter einen Fingernagel geraten war und den man nicht herausbekam.

Ich hörte seine Schritte auf der Treppe, blinzelte meine Tränen weg und sah ihn an, als er aus seinem Atelier im Keller kam. In seinen Augen flackerte etwas Bedrohliches, etwas wie eine nicht ausbremsbare Entschlossenheit. Doch dann, ganz langsam, verzog sich sein Mund zu einem breiten Grinsen. «Frohe Weihnachten, Ida.»

Ich hoffte auf ein Wow zu meinem neuen Kleid, aber er stand einfach nur da. Und er hatte kein Geschenk. Ich öffnete den Mund, wollte sagen, ich muss dich etwas fragen. Fragen, ob du gar nicht du und du ein Mörder bist. Oder ob das Lügen sind. Und dass das eigentlich alles Quatsch war. War es das? Ich wollte sagen, all das macht mir Angst.

Das erste Mal an einem Heiligabend aß ich mit einem Kloß im Hals. Till textete mich zu, aber ich dachte an den Vormittag im Café und an die Fremde.

Till redete über Galerien, über Vernissagen, er redete über kommende Ausstellungen und ich nickte stumm. Er sagte, er müsse am zweiten Weihnachtsfeiertag dringend nach Madrid, nicht lange, nur ein paar Tage, und er putzte sich den Mund an der Stoffserviette ab. «Gibt's noch Nussnougatcreme? Schade, dass du keine magst.»

Ich starrte auf seine schwarzen Manschettenknöpfe. «Seit wann trägst du so etwas?»

«Manschettenknöpfe? Keine Ahnung.»

«Und von wem hast du die, wenn ich fragen darf?»

«Ach, die habe ich mir selbst geschenkt.»

Ich ballte eine Faust im Schoss. Lüg mich nie mehr an! Bitte, danke.

«Ida, worüber grübelst du eigentlich die ganze Zeit?»

«Über nichts. Ich finde nur, es könnte mal wieder schneien.»

Ich bewegte mich nicht. Auch Till lag steif auf seinem Bett. Es mussten Stunden gewesen sein, die wir so gelegen hatten. Plötzlich krümmte er sich. Wandte sich schwer atmend zu mir herum. Seine bernsteinfarbenen Augen traten ein wenig hervor. Beruhigend, dass meine Nussnougatcreme bereits wirkte und Till so gut wie …

«Ida …», sagte er plötzlich schwerfällig lallend, «ich muss dir etwas beichten.»

Ich war ganz Ohr.

Er röchelte. «Ichhh … habe dich nie geliebt!»

Ich biss mir auf die Lippen, hasste meine Disziplin, aber beherrschte sie. Summte «Last Christmas» und dachte an die geernteten Rizinussamen von meinem geliebten Wunderbaum. Lebensgefährlich, ihr nussiges Aroma. Fahles Licht fiel durchs Fenster. Ich wollte weggehen, weg sein und frei sein. Ich hatte ja noch meine Gesundheit, mein volles Konto und das neue Kleid.

Im nächsten Jahr fiel an Heiligabend der erste Schnee. Ich sah die Fremde nie wieder.

Fanie Oakley

Wind of Change

Ines ist wie das kleine Einmaleins: Ich kenne sie auswendig. Nichts an ihr überrascht mich mehr. Nichts ist neu, nichts fremd, nichts aufregend. Keine ihrer Gesten, keine ihrer Reaktionen, was sie sagen wird, weiß ich stets im Vorhinein und so kann ich eigentlich Gespräche mit ihr inzwischen auch ohne sie führen.

Sie lehnt sich über die Balkonbrüstung genau wie ich es erwartet habe und zieht an ihrer Zigarette. Ihre Vorhersehbarkeit ist mir zuwider. Seit Wochen denke ich darüber nach, Schluss zu machen, aber jedes einzelne Mal, wenn ich denke, es sei der richtige Zeitpunkt, zögere ich im letzten Moment. Nicht, weil ich unsicher werde, ob ich nicht doch bei ihr bleiben möchte – nichts möchte ich weniger – sondern weil ich einfach nicht weiß, was ich sagen soll und erst recht nicht, wie. Ines und ich sind so lange in einer Beziehung, dass ich vergessen habe, wie Schlussmachen geht. «Ich kenne alles an dir» versuchte ich vor zwei Monaten, das Gespräch zu beginnen. «Ja, da ist einfach so eine tiefe Vertrautheit inzwischen» sagte Ines mit weicher Stimme und ich sagte nichts mehr und nickte stattdessen wie ein Idiot. Seitdem ist mein Wunsch, Ines zu verlassen, zu einer Obsession geworden. Jeden einzelnen Tag versuche ich, Situationen zu schaffen, in denen wir ungestört sind und uns in Ruhe unterhalten können. Ich setze mich ihr gegenüber, sehe sie an, denke «jetzt oder nie» und sage wieder einmal nichts. Manchmal denke ich einen ganzen Abend lang sinnlos im Fünf-Minuten-Takt «Komm! Mach schon! Tu es!» und am Ende habe ich es natürlich nicht getan, aber derlei Dinge so oft gedacht, dass ich bereits um neun Uhr abends vor Erschöpfung ins Bett falle. Vor einer Woche ist mir klargeworden, dass es so nicht weitergehen kann. Ich gebe zu, dass die Lösung, die ich mir seitdem zurechtgelegt habe, unkonventionell ist, aber, so sage ich mir selbst, in der heutigen Zeit ist es nicht mehr unüblich, Aufgaben von anderen erledigen zu lassen und so habe ich beschlossen, dass Schlussmachen an Ines outzusourcen.

Ihre Worte von vor vier Jahren hallen in meinen Gedanken nach. «Niemals würde ich mir von einem Mann etwas verbieten lassen» sagte sie damals. «Ich mache ja viel mit, aber wenn einer versuchen würde, mich einzusperren, wäre ich sofort weg.»
Ich atme tief durch.
«Wenn ich es noch eine einzige Minute länger aufschiebe, werde ich wahnsinnig», denke ich.
Dann lehne ich mich neben Ines über die Balkonbrüstung und sage meinen seit einer Woche sorgfältig vorbereiteten ersten Satz.
«Glaubst du eigentlich, ich bin blöd?!»
Ines sieht mich mit gerunzelter Stirn an. «Was meinst du?»
«Ich sehe doch genau, wie unsere neue Nachbarin dich ansieht! Und dir gefällt das auch noch – denkst du, das fällt mir nicht auf?! Aber mit mir nicht! Ich werde doch nicht zugucken, wie meine Freundin fremdgeht mit so einer Lesbe!»
Ines sieht mich entsetzt mit aufgerissenen Augen an und genau das habe ich erwartet. Die Anschuldigung

ist so absurd, so hanebüchen – es ist perfekt. Wenn jetzt auch noch Verbote dazukommen, wird Ines innerhalb kürzester Zeit die Geduld verlieren. Zeit für den Showdown.

«Du wirst nie wieder auch nur ein einziges Wort mit ihr wechseln. Und damit du gar nicht erst auf dumme Gedanken mit anderen Frauen kommst, sind Abende mit deinen Freundinnen für dich auch gestrichen!»

Ines starrt nach unten über die Brüstung. Ich verstehe nicht, warum sie nicht reagiert. Genau an dieser Stelle im Gespräch müsste sie ausflippen, dessen bin ich mir eigentlich sicher. Vielleicht ist es noch nicht genug? Vielleicht braucht es noch eine Zugabe?

«In Zukunft will ich wissen, wo du bist und was du tust und zwar jederzeit!»

Ines starrt weiter. Dann öffnet sie langsam den Mund, ich denke «Na endlich» und sie sagt «Es tut mir leid», aber sie sagt es nicht, sondern flüstert es, und zwar so leise, dass ich mir nicht sicher bin, ob sie es wirklich geflüstert hat oder ob sie nur den Mund geöffnet hat, während der Novemberwind ein Geräusch gemacht hat, das so ähnlich geklungen hat wie «Es tut mir Leid». Sie sieht auf zu mir und sagt, diesmal hörbar, diesmal nicht wie der Wind «ich habe das nicht geplant».

Ich sehe sie verständnislos an und frage «Was?!» und Ines atmet hörbar aus, schnippt ihre halbgerauchte Zigarette über die Brüstung und dann sagt sie in einem Tonfall, als wäre das die einzig logische Antwort «das mit Nina».

Ich öffne den Mund, aber es kommt kein Ton heraus, auch kein schwer hörbarer und so stehe ich einfach nur da und starre und der kalte Novemberwind füllt langsam meinen Mund.

«Ich dachte nicht, dass du es bemerkst, aber ich bin

froh, dass du es getan hast und auch, dass du es angesprochen hast».

Panik steigt in mir hoch und Wut und noch mehr Panik, aber ich bringe weiterhin kein Wort heraus.

«Es ist nichts passiert, das musst du mir glauben! Nina und ich, wir haben nur geredet. Auch über die Zukunft, ja, aber wir haben nichts getan – ehrlich.»

Der Wind fühlt sich plötzlich eisig an, ich sage noch immer nichts und Ines spricht weiter und weiter als wäre das alles ein Einpersonenstück und ich nur ein beliebiger Zuschauer.

«Wahrscheinlich ist es am besten, wenn ich heute Abend erstmal zu meinen Eltern gehe. Wir können dann ja alles Weitere in den nächsten Tagen besprechen?»

«Alles Weitere?» Meine Stimme klingt als wären das die ersten Worte, die ich seit Tagen gesprochen habe.

«Die Aufteilung der Möbel zum Beispiel. Du kannst gerne das Meiste behalten.»

«Du kannst doch eine Beziehung nicht wegen einer Kleinigkeit einfach so hinschmeißen!», platze ich heraus und überrasche mich damit selbst.

Ines sieht mich mitleidig an wie einen auf dem Rücken liegenden Käfer, der verzweifelt mit den Beinchen strampelt. «Matthias... bitte. Ich weiß, es ist nicht leicht für dich. Aber... das mit Nina, das ist keine Kleinigkeit.»

Ines legt ihre Hand auf meinen Arm. Sie fühlt sich warm an und vertraut. «Lass uns wieder reingehen. Ich werde direkt meine Eltern anrufen und Bescheid geben, dass ich vorbeikomme, hm?»

Wie ohne mein Zutun setzen sich meine Füße in Bewegung und trotten hinter Ines her, da dreht sie sich plötzlich um und sieht mich an. «Du?»

«Ja?» Meine Stimme zittert.

«Wenn du es nicht angesprochen hättest ... ich weiß überhaupt nicht ... danke! Ich bin dir so dankbar dafür. Du kennst mich einfach so gut».

Sarah Roguschke

Irrlichter und Fixsterne

Irrlichternd durch Rousseaus Dschungel; faulig süße Kokosnussdrinks, Dunkelgrün und Hellgrün, die Schatten dazwischen. Surfer, mit denen wir uns eine Avocado-Bowl teilen, Frangipaniblüten auf dem Hotelbett, reingewaschen in den Wasserbecken hinduistischer Tempel. Das war die Eutopie.

Ich hatte bereits den überteuerten Cappuccino im Pappbecher in der Hand, das Nackenkissen unterm Arm geklemmt, Flugzeuge reglos parkend wie gezähmte Raubtiere, annullierte Flüge, verspätete Flüge, quengelnde Kleinkinder, mit Keksen und Tablets ruhiggestellt, Blicke aufs Handy, panische Nachrichten zitterten übers Display, die dich nicht erreichten. Und dann gab ich mein Gepäck einfach nicht auf, der Schalter schloss und ich schlurfte zum Taxistand, beinahe verlegen, als sollte niemand bemerken, dass mich mein Date versetzt hatte.

Es blieb ein Flimmerzustand, als man dich suchte und die Lichter der Taschenlampen durch die umliegenden Wälder zitterten und nur Müll freilegten, Kondome, Spritzen, Scherben, das Übliche, als ein Foto von dir veröffentlicht wurde, auf dem du unnahbar und stolz schautest wie Frida Kahlo in ihren Selbstporträts oder Joan Didion mit Zigarette und ohne Lächeln.

Ich wartete, wartete lang, auf ein Zeichen, auf einen Hinweis.

Plötzlich stehst du rauchend auf meiner Terrasse, der Pool aufgewühlt und pockig vom Regen, es grollt und tobt in der Ferne, die Palmen tuscheln. Rein und blank geschrubbt, porenlos wie Milch siehst du aus, eine kryptische Sofia-Coppola-Filmfigur, eine futuristische Hitchcockblondine mit Botticelli-Gesicht.

«War ja so klar, dass du damals nicht trotzdem losgeflogen bist ohne mich. Aber jetzt sind wir ja beide hier, ich hoffe, du freust dich.»

Geziert lässt du dich auf eine klamme Liege sinken und ich vertraue darauf, dass ich mich nicht irre, dass du wirklich da bist, eine elegant verwegene Lady Lazarus, die eine Schleppe aus Nebel hinter sich herzieht wie ein totes weißes Kaninchen.

Ich kann nicht mal mehr erklären, was ich hier mache, ich will nicht ausholen und mich rechtfertigen, wie mein Job mich ausgebrannt hat, bis nichts mehr da war, ausgeleiert wie ein verblichenes T-Shirt, in der Sonne vergessen, niemand dankt einem dafür, dass man sich verausgabt hat und mit Rückenschmerzen, Herzstolpern oder Magenschleimhautentzündung beim Arzt sitzt. Wie ich am späten Nachmittag Feierabend machte und die Reinigungskräfte grüßte, unser verschwörerisches Zunicken, gefangen im selben Teufelskreis. Wie ich täglich meine Overnight Oats nach Feierabend in den Mülleimer goss, und dass ich irgendwann die Tupperdose rebellisch verschimmeln ließ. Wie es mich ängstigte, zuzusehen, wie Zuhause alles zum Lost place zerfiel, die verrammelten Läden, die mal Pizzeria, mal Currywurstbude, Handyshop, Bäckerstube waren, thailändische Massagesalons mit silbernen Buddhafiguren zur Deko, ein kleines Reisebüro mit kitschigen 90er-

Katalogplakaten im kleinen Schaufenster. Die verwaiste Wiese, die daran erinnerte, dass da vor langer Zeit ein Freibad war, eine Leerstelle nun wie ein ausgefallener Zahn. Nachdem ich dann durch die kaputten Straßen voller buckliger russgeschwärzter Häuser zog, abbruchreife Spielplätze voller Graffiti, heruntergekommene Kneipen, in denen man über Politik stritt, aber sich jeder einig war darüber, niemals zu arbeiten, wo alte Senioren in Mülltonnen mit zitternden Händen nach Pfand wühlten und gelangweilte Mütter mit selbstgefärbten Haaren zornige Kinder hinter sich her zogen, da buchte ich erneut ein Flugticket nach Bali, Emirates, Economy, 19:30 ab Düsseldorf, Zwischenlandung in Singapur. Wie so oft irritierte es mich, dass es kaum noch direkte Wege gibt.

Ich hortete Geschichten über Irrtümer; über Pilger, die Kilometer weit in die falsche Richtung wandern mit blutigen Füßen; das Leben im falschen Land, bis das richtige Jobangebot aus der Komfortzone lockt.

Ohne dich hätte ich mich im Stream of Consiousness treiben lassen und eine miese Pizza im Ort gegessen.

Ich gieße dir ein Glas Wein aus der Mini-Bar ein und setze mich vorsichtig neben dich, als wärst du ein wildes Tier, das zum Angriff übergehen könnte.

Ich schließe die Augen, knibble und reibe an den Fixsternen über mir und will sie ablösen wie Kruste auf einer Wunde oder ein Preisschild.

«Wir sitzen alle auf absteigenden Ästen, auf denen die Plätze rar werden», flüsterst du genüsslich wie der Teufel, und da geht wahrscheinlich wirklich was zu Ende, da passiert was hinter den Kulissen und ehe ich den Impuls unterdrücken kann, frage ich plump: «Wo warst du denn die ganze Zeit? Die Leute haben dich gesucht wie den kleinen Jungen in «ES» mit seinem Papierboot, als hätte dich ein Monster verschleppt. Ich hab mir Sorgen gemacht.»

«Du hast mich doch eh abgehakt, die mit der verkorksten Kindheit, die sich irgendwann schwängern lassen würde und Frauen im stickig stinkenden Salon die Nägel lackiert.»

«Wir sollten nicht beide hier sein», sage ich hilflos.

«Dein Ernst? Du hast gedacht, du würdest mich überholen und was Besonderes studieren, Kunstausstellungen, Lesungen und Yoga Retreats besuchen und Vision Boards gestalten. Du und deine Kindheitsurlaube am Mittelmeer und Safaris in Kenia und Britney-Spears-Konzerte. Und jetzt sieh uns an.» Du deutest auf den Pool, die bedrohlich dunklen Palmen.

«Beide sind wir hier mit mittelmäßigen Jobs und Gebrauchtwagen, überteuerten Flugreisen in der Holzklasse und einer Zahnzusatzversicherung.» Du lachst freudlos auf, ehe du dich verschwörerisch vorbeugst.

«Da ist eine parallele Welt neben dieser, hinter den Spiegeln, durchs Kaninchenloch. Das hier ist ein Traum in einem Traum, bloß ein Dämmerschlaf ...» Du hättest eine Zwischenstation gebraucht, bevor du die Reise nach Bali machen konntest, eine Auflösung und Neuzusammensetzung, murmelst du manisch und gestikulierst wie ein Schauspielstar in einer Talkshow. Ich verrate nicht, dass deine Eltern dein Jugendzimmer, in dem du noch gewohnt hattest, nicht unversehrt ließen wie in amerikanischen Filmen, der Schreibtisch, an dem du genervt Mathe zu lernen versuchtest, die klebrige Drogerieschminke, sie machten aus deinem Zimmer einen Abstellraum mit ausrangiertem Schrott und Wäscheständer, als seien sie froh gewesen, endlich Platz für ihr Chaos zu haben. Sie standen nicht verheult vor Kameras, sie schüttelten missbilligend die Köpfe, Verschwinden nannten sie es, nicht Entführung, sie wussten es besser, du warst ja auch schon zwanzig.

Deine Augen fiebrig wie die eines Manson-Mädchens, brennende Autowracks, schwarz und groß wie Dollarzeichen.

Ich schlucke. «Ich will, dass du gehst.»

Du wirkst nicht überrascht, sondern unbeeindruckt, du hältst dein Weinglas wie auf einer Vernissage.

«Ich glaube, ich bleibe.»

Mir wird bewusst, dass ich dich nie gefragt habe, wie du all das aushalten konntest; den stets betrunkenen Vater im Unterhemd vor der Playstation hockend, die kaltherzige Mutter, die dir nicht mal die Coke gönnte, sondern dich Leitungswasser trinken ließ, deine Ferien, die du in eurer 70qm-Wohnung ohne Garten verbrachtest und auf meine Postkarten aus Formentera wartetest, aus Gran Canaria, aus Djerba, aus Miami. Mir ist übel und ich wanke um den Pool herum wie Virginia Woolf mit den Taschen voller Steine. Ich knie mich neben den Pool, als würde jemand darin ertrinken.

«Du musst gehen», quengle ich matt zu dir herüber, meine Stimme kommt kaum gegen den Sturm an, und du stehst auf, schwebst geräuschlos herüber und tätschelst beruhigend meinen Kopf.

«Ich werde bleiben.» Ganz vorsichtig übertrittst du die Schwelle zu meinem Bungalow. Etwas gibt nach in mir, als wir nebeneinander im Bett liegen, über uns der hektische Ventilator. Wir sind umgeben von einer Stimmung, die zwischen Menschen entsteht, die nachts am Flughafen oder am Bahnhof gestrandet sind, alle Flieger, alle Züge weg, die Ahnung, dass alles egal ist, dass es immer nur um ein weiteres Hinauszögern geht. Dicke Kröten quaken grollend ums Haus herum wie hysterische Dorfbewohner im 14. Jahrhundert mit brennenden Fackeln, die die Herausgabe einer vermeintlichen Hexe forderten.

Wir sitzen fest auf einer kargen Insel, die Nächte würden sich aneinanderreihen, bis es keinen Tag

mehr geben würde, ewige Dunkelheit, wir über-
springen das Licht, bis der Sturm irgendwann
abklingen wird. Wir atmen völlig synchron.

Sigune Schnabel

Heranwachsen geht nur auf Umwegen

Kreißsaal

Der erste Morgen in der Außenwelt
ist kalt. Draußen verweht der Wind
Geschichten, die der warme Bauch erzählte.

Ich bin noch durchlässig
für Schreie, reibe mich an ihnen
wund.

Grußlos fegt der Tag letzte Wärme
von der Haut.

Träume setzen sich aus falschem Licht zusammen
an diesem Ort: gerötet von Lampenschirmen.
Wie Entzündungen,
meint die Hebamme und schüttelt
die Nacht aus dem Haar.

Mutter riecht noch nach mir,
ich aber bin ihrem Blick
längst entwichen.

Zweiter Tag

Noch spüre ich den Schrei
der Welt wie meinen.
Ich trinke ihn gierig
und werde klein.

Als die Ärzte mich wogen,
stellten sie fest,
dass ich an Gewicht verloren hatte.

Der wichtigste Teil meiner Knochen
ist Zeit. Eine Schwester
strich mir über die Schulter.
Das wächst sich noch aus,
dieses Leuchten in den Augen,
sagt sie.

Von sieben Leben
bleiben noch zwei.

Neunter Tag

Der Abend verliert seine Farben
schneller als ich: Draußen zittert er
in die Nacht.

Auf der Bettkante hält Mutter Wacht.
Ich sauge an ihrem Leben
und hole alles heraus: Erinnerungen
an ersten Schnee, an Junitage,
an frisch gemähtes Gras.

Noch bin ich sprachlos.
Die Erde beginnt ohne mich zu klagen,
fragt nach einer Geschichte,

die sie einst abgeschüttelt hat
von Bergrücken und Mulden.

Ich weiß nicht,
wo ich bin.

Kindheit, blau

Ich höre das Knacken der Bäume.
Es hält ein Schweigen zwischen den Lauten.
Die Stille verlangsamt mich:
Erst spät beginne ich zu sprechen.
Im Takt der Äste
lasse ich mein Herz schlagen.

Wenn ich erwache,
gehen Worte kreuz und quer durchs Zimmer,
kauern sich auf Sommerböden.
Die Fensterbänke sind nass
vom Regen. Er findet meinen Sprachfluss
nicht, fällt immer daneben.

Kindheit, erdfarben

Tagsüber gibt mich Mutter
dem Nachbarsjungen. Er liest mir Märchen
aus dem Sand. Er nennt es wahrsagen,
ich aber kenne alle Wunden
der Böden, ihre Kruste,
die an Herbsttagen manchmal aufbricht.

Im Oktober atme ich Staub.
Oder Regen.
Beide sind meine Gefährten
und lehren mich, sich einzufügen.

Nicht immer ist der Staub gehorsam,
fliegt auf; das Wasser zeigt mir
die beste Art zu verschwinden.

Kindheit, gelb

Die Sonne ist heller als ich.
Auf meinen Lippen hängt
ein krummer Laut,
damit mich niemand küsst.

Ich lege ihn ab
ans Satzende in einen Reim.
Ein neuer keimt
am Grund der Gedanken,
dem Ort, an dem die Klänge schlafen.

Das Licht trägt heute Stroh im Haar.
An solchen Tagen spricht die Welt anders.

Welt

Moos wächst über meine Hand.
Ich bin ein Junge,
aber das vergesse ich.

Wenn ich leiser werde,
höre ich die Erde spielen. Vater, Mutter, Kind.
Ich bin kurz davor, Gegend zu werden,
aber noch stehe ich im Weg.

Mit zwölf

Die Welt hat an Gewicht gewonnen.
Ich weiß, dass ich es abschütteln muss.

Aus Meerestiefen komme ich:
Das Fruchtwasser war salzig,
schlug Wellen im Bauch.
Mutter glaubt mir nicht,
aber ich rieche es noch
auf meiner Haut.

Mit dreizehn

Ich habe einen Anspruch auf meinen Schatten.

Schon lange bin ich nicht mehr,
was sie gebar:
Hinter der Schädeldecke sitzt ein Wolf.
Du wirst mir nicht glauben,
wenn ich heule
und die Nacht vergeude,
denn eines Tages erwache ich
als Tag.

Traum

Ich habe mich den Heckenrosen angeschlossen
im Schattengesträuch bei den Weiden.

Manchmal atme ich so laut,
dass ich Hagebutte werde.

Mutter sagt, es war ein Traum,
aber ich weiß,
dass meine Herbsthaut echt ist.

In der dritten Nacht ziehe ich fort.
Ich habe die Landschaft angerufen
und den Sand, damit er leiser weht.

An der Grenze zum Tag kippt der Himmel
Farbe ins Wasser.

Ich lehne mich an eine Eiche,
bis mir Rinde über den Körper wächst.
Erst dann bilde ich keine Risse
an der Luft.

Katrin Schön

Reisegenuss

Es ist ein schöner Sommertag, an dem ich im Zug sitze und gemächlich am Rhein entlanggefahren werde. Die Sonnenstrahlen rangeln mit den strahlend-weißen Wattebäuschen am Himmel um die Wette, blitzen mal hervor, suchen sich eine Lücke, werden wieder gestoppt, suchen sich erneut eine Lücke, haben gegenüber den Wolken dann wieder das Nachsehen. Sonne und Wolken, Licht und Schatten, Wärme und Kühle. Ein lustiger Mix am Himmel sorgt für die richtige Mischung am Boden des Mittelrheintals.

Geschmeidig drückt mich die Fliehkraft an die Armlehnen meines Sitzes, mal ein bisschen nach rechts, dann ein bisschen nach links. Gleichsam wie sich der Strom durchs Gelände windet, immer in Richtung Meer. Aber ich fahre gegenläufig, hinauf gen Mündung und blicke aus dem Fenster. Das Buch noch immer ungelesen auf meinem Schoß. Entlang der Strecke schmiegen sich kleine Burgen in steile Weinberge, begrünen die wie zufällig angeordneten und doch ordentlich gewachsenen Bäume die Hänge – das Szenario ist eine Blaupause meiner Spielzeugeisenbahn, die sich mein Vater als Kind immer wünschte und die ich später bekam. Beim Anblick des Mittelgebirges, das imposanter wirkt, wenn man hindurchfährt, als sein Name besagt – «Mittel»gebirge – wird mir immer wieder eindrücklich bewusst, wie viele

Jahre, Jahrhunderte, Jahrtausende und wie viel Kraft das Wasser gebraucht hat, sich seinen Weg zu suchen. Und zu finden. Und etwas zu erschaffen, was wir heute Landschaft nennen und in der der Fluss dem Boden seinen Teil so trotzig abgerungen hat. Wo er konnte. Oder wo Steine, Sand und Staub ihn vorbeiließen.

Erst am Morgen der Reise habe ich realisiert, dass mich das Reisebüro auf meinem Heimweg auf einen Intercity gebucht hat. Vor vierzig Jahren ganzer Stolz der Deutschen Bundesbahn für schnelles Reisen quer durch die Republik, hat ihm der Intercity Express inzwischen in der öffentlichen Wahrnehmung den Rang abgefahren. Zu merken auch an der Auslastung – der Wagen ist nicht allzu gut besetzt. Denn: Von Frankfurt nach Köln mit 200 Sachen? Nicht mit dem Intercity! Aber ich will ja an diesem Nachmittag auch gar nicht nach Köln! Und nach Frankfurt schon gar nicht! Ein kurzer Check sagt mir, ich hätte Strasbourg per ICE zwar eine halbe Stunde früher, aber mit zwei Mal umsteigen und mit herausfordernden Gleiswechseln - die keine Verspätung geduldet hätten – erreichen können. Die einzige Alternative war eben diese: mit der zugwechselfreien Investition in eine Zusatz-Halbestunde auf der etwas längeren Schlängelstrecke durchs Mittelrheintal.

Jemand setzt sich auf den Platz neben mir. Ich war so versunken in meine Gedanken beim Blick aus dem Fenster, dass ich den Moment verpasste, hinzuschauen, wer mich von nun an auf meiner Fahrt begleiten würde. Ein Mann – so viel steht fest – mit einem Händchen für den richtigen Duft im richtigen Maß. Kein Parfüme-Protzer, kein After-Shave-Aufklatscher, kein Duschgel-Das-dusch-ich-Dude. Allein das macht ihn schon sympathisch. Ich schiele hinüber, um etwas mehr von dem Rest-Typen zu erhaschen, ohne ihn peinlich anzugaffen. Er beugt sich gerade zu seiner

Tasche, um es sich reisebequem zu machen – Handy, Zeitung, eine Tüte Bonbons, Wasserflasche wandern in das Gepäcknetz, das hinter dem Vordersitz gespannt ist. Schade. Ein schöner Rücken kann entzücken. Doch ist das Gesicht auch ein Gedicht?

Warum interessiert mich das überhaupt? Ich lebe glücklich mit meiner Partnerin zusammen. Wobei... Glück ist ein großes Wort und ein flüchtiger Moment. Der Zauber des ersten Verliebtseins ist schon lange verflogen und den Gewohnheiten gewichen. Wenn ich ehrlich bin, streiten Mimi und ich mehr, als dass wir uns aneinander und miteinander freuen. Und ich muss zugeben, dass ich ihr so manches harte Wort entgegengeschleudert habe. Dass ich noch nicht einmal bereue. Und mit jeder ihrer Tränen gießt sie das Gefühl meiner Genugtuung, sie völlig in der Hand zu haben. Macht es noch größer. Bestärkt mich darin, es nur noch weiter auf die Spitze zu treiben. Denn Mimi würde mich nie verlassen. Sie ist mein, sie ist hübsch. Und bisher habe ich noch nichts Besseres gefunden. Vor allem keine bessere Assistentin.

Zwei braune Augen schauen mir direkt ins Gesicht.

«Hallo! Ich bin Axel!», kommt es aus dem Mund darunter und der Arm des dazugehörigen Körpers streckt sich mir mit der Hand zum Gruße entgegen. «Chris. Freut mich!», entgegne ich etwas konstatiert und leicht errötet. Es kommt nicht mehr oft vor, dass sich Reisende im Zug namentlich vorstellen.

Wir kommen ins Plaudern. Über den Job und Hobbys, über Family and Friends. Witzeln über die Durchsagen des eifrig bemühten Zugchefs, beklagen das Sterben der Fußballkneipen, lachen über die gleichen Gags der neuen Netflix-Serie.

Mein Buch steckt ungelesen inzwischen auch im Gepäcknetz und Axel hat seine Zeitung noch nicht angerührt. Wir ratschen wie alte Freunde, kichern wie Teenager, werfen uns verschwörerische Blicke zu, wenn wir glauben zu wissen, was der andere gerade denkt. Dabei kennen wir uns noch nicht einmal ein Stündchen. Erstaunlich wie viel Gemeinsamkeiten in dieser kurzen Zeit schon zu Tage zu treten scheinen.

«Bonbon?», sagt Axel inmitten meines Redeschwalls und hält mir lächelnd die Tüte hin. Es knistert. Ohne meine Sätze zu unterbrechen, greife ich hinein, wickele den süßen Brocken aus und schiebe ihn mir zwischen zwei Worten gedankenverloren in den Mund. Ich lutsche und schmecke und lutsche noch einmal und schmecke und erschrecke. Und hoffe, dass ich mich täusche, blicke in das Papier in meiner Hand, das ich noch halte und fürchte, es gleich nicht mehr loslassen zu können, wenn sich meine Finger zusammenkrampfen werden. Eine gemalte Erdnuss lacht mich mit ihrem Comic-Mund vom Einwickelpapier herauf an. Schnell spucke ich das Bonbon zurück in seine Verpackung. Aber es ist schon zu spät. Ich spüre, wie sich meine Luftröhre zusammenzieht. Der kalte Schweiß tritt mir auf die Stirn. Ich ringe nach Luft, aber mit jeder Bemühung um Weite in meinem Brustkorb, wird die Enge nur noch größer. Im gegenüberliegenden Fenster ziehen die Bilder der Landschaft an meinen Augen vorbei. Gemächlich und doch im Schnelldurchlauf. Dem Tempo des Zuges und meines schwindenden Bewusstseins geschuldet.

Die zwei braunen Augen schauen mir wieder ins Gesicht. Direkter jetzt. Das Blitzen ist aus seinem Blick gewichen.

«Sie konnte es nicht selbst tun», flüstert Axel und zuckt klischeehaft, sein Bedauern ausdrückend, mit den Schultern

«Ich muss jetzt leider umsteigen. Komm gut an. Wo auch immer Du nun hingehst.»

Ich versuche noch zu verstehen, bleibe aber an der Belanglosigkeit seines Tuns mit meiner Wahr-

nehmung hängen. Er packt Handy, Zeitung, Wasser-
flasche und die Bonbon-Tüte mit der Aufschrift
«Zitrone» aus dem Gepäcknetz in seine Tasche.
«Zitrone». Genau! Aber ...

Dann spüre ich noch einmal einen Sonnenstrahl auf
meinem Gesicht, bevor eine dunkle Wolke ihn für
mich für immer zur Seite schiebt.

Heiner Schröder

Des Boomerbuben Wunderborn: Abschweifungen trostpflastern seinen Weg. Eine Kuriose

Was tun zwischen Geburt und Tod? – Ich pfleg mal mein Phlegma.
Der Impuls ist nicht das Thema. Es geht immer ums Ganze. Ein Impuls regt an, löst aus, triggert und fragt nie: Wo geht's lang? Wie soll das enden? Er initiiert das freie Assoziieren, Imaginieren und Kreieren. Er garantiert kein Gelingen noch verantwortet er Scheitern. Auf eigene Gefahr geben wir uns dem Wachstun hin. So geht Leben. Es verlangt durchgängig Reflexe und Reaktionen; seine Favoriten schaffen selbst Reflexionen und geraten in Verzückung bei Gipfelerlebnissen von Flow, Freude und Ekstase. Und vor den Aufstieg zum Olymp haben die Götter den Angstschweiß gesetzt. Nur Nike meinte lakonisch: Just do it.

Ist das mein Leben, das ich alter Ego führe?
Oder Giro vitalia: Dumm gelaufen
Hab ständig mich ab- wie ein Hund gehetzt,
die Hacken stets ab- und zu wund gewetzt,
    tja, ich hatte - zu dumm -
    (nehm's mir heut' nicht mehr krumm)
mein Merken vorab schon auf Grund gesetzt!

Umwege kosten Zeit. Solange Zeit Geld ist, gilt es, den Lebenslauf via Luftlinie zwischen Start und Ziel, Einschulung und Verrentung möglichst ohne Ehrenrunden, Ausfälle, Fehl- oder Rückschläge in Echtzeit hinter sich zu bringen. Umwege verhalten sich zum Weg wie Unkraut zu Kraut oder Beifang zu Fang. Ihnen haftet so etwas wie ein Makel oder Mangel an: Sie stören, behindern und lähmen. Wer vorankommen oder schneller weiter höher will, hasst Umwege wie Zwangspausen, die seinen Lebensdrang beschneiden. Doch zugleich zelebriert er Prozessionen, Leichenzüge, Militärparaden oder Ostermärsche als Kultakte.

Heldenreise, wunde Punkte haufenweise:
Auf gut GlückAuf ins feindliche Leben!
Weil zu oft zu dumm gekommen,
wird's mir grade krumm genommen.
Man bügelt mich glatt,
man hat's satt, völlig platt.
Ich bin platt. Aber nicht umgekommen!

Umgekehrt ist Geld Zeit. Wer es sich leisten kann, lässt sich nicht hetzen. Man geruht, beides genüsslich zu vergeuden. Der eine legt in seinem Park einen Irrgarten an und geht auf Weltreise. Der andre frönt 24/7-Ego-Shootings. Entscheider setzen Kommissionen ein, um dringende Beschlüsse erneut aufschieben zu ‹müssen›. Leichthin in den Tag zu leben ist nicht bei allen Woken en vogue: ‹Cancelculture! Parasiten an den Pranger!› Freaks gilt das genaue Gegenteil als Ideal: Spiel, Freiheit, Autonomie, Würde. Nur-so-da ist Stoffwechseln ohne Zweckzwang. Für Junkies ist jede Minute ohne Trip ‹Realitätsflucht› und vertane Zeit.

Willfährige Wallfahrer am Ort und zur Stelle:
Sechs Richtige. Alle für eine!
Taten brav, was die Mutter uns beigebracht:
Diener, Knicks, an des Nächsten Gedeih gedacht.
 Du liebes Kind,
  was warst Du blind!
Hab mich spät, doch noch frech davon frei gemacht.

Heiter-Spielerisches bis Leidvoll-Liederliches füllt
unser Leben. Auf Umwegen werden wir human. Nur
keine Umstände? Doch! Pomp and Circumstances!
Und zwar für alle! Etikette und umständliche Regu-
larien erschweren den Missbrauch. Pan-perspekti-
visches Denken umkreist zigmal das Phänomen und
versteht sich auf Mitgefühl. So geht Kultur. Was immer
Umwege sonst noch sind oder tun - sie fördern
gedeihliches Miteinander: Zeitgewinn erlaubt Medita-
tion und Reflexion. Fehlen sie, fehlt Entscheidendes.
Insofern folge ich frohgemut dem Anspruch Apol-
lons, des Licht-Gottes der Künste, voran Musik und
Dichtung.

Erkenne dich selbst – in Grund und Boden
Ein Archäologe vom Rheinland
vergrub sich ins Graben. Kein Einwand.
 Ich wollte den Grund sehn,
  nicht grundlos zugrund gehn.
Stieß auf mich, zu dem vorher kein Schwein fand.

Gnothi seauton stand am Eingang des Apollon-
Tempels in Delphi, wo das Orakel die Entschei-
dungsfragen der Pilger oral beantwortete, wie ein
Dichterfürst: verführerisch und vieldeutig. Man
nahm sich Zeit für die Voraussage, leider kaum für
deren Ausdeutung.
Meden agan stand gegenüber:

Nichts zu sehr - was man gern übersah. Das hiesige Lager betrieb gottseidank Desillusionierung, das jenseitige zum Glück Gewissenserforschung.

Im Dschungel der Großstadt der reinste Tor
Als Landei wollt, immer nur Sand gekannt,
zum Stadtei mich wandeln, vom Tand gebannt.
     Geblendet vom Glamour
     (Keinen Bock mehr auf Lämmer!)
ward Rührei: Bin voll vor die Wand gerannt.

Agonie bedeutet Kampf oder Wettstreit, aber auch Angst, Qual, Todeskampf. Agone sind organisierte Preisausschreiben wie die Olympischen Spiele oder die Panathenäen: Kampfkünstler und Dichtersänger eifern um die Wette nach Beifall, Lob, Ruhm und Siegprämien. Sophokles schrieb: Ungeheures gibt es viel, aber nichts ist ungeheurer als der Mensch.

Ego ist in Ago n(i)e: Von der Pike auf verlernt
Als Säugling, ganz ICH, macht' ich Bäuerchen.
Als Kind balanciert' ich auf Mäuerchen,
     zwischen dem, was gewollt,
     und, laut Mama, gesollt.
Noch piekte euch mein Ungeheuerchen!

Schon bald lag es wehrlos in Trance,
ich, halbstark, hielt nicht mehr Balance
     zwischen Nächstem und mir,
     der mir meist wie ein Tier
zu Leibe gerückt! Keine Chance!

Ungeheuerchen dreht nun ganz liederlich
seinen Spieß wider mich, schlichtweg widerlich.
     Es piesackt mich, sticht mich,
     bis im Lot und ganz dicht, ich
wieder Nächste pieke. Bin wieder ICH!

Im Mittelalter bestritten belanzte Dichter und helle Barden Ritterspiele samt Minnesängerkrieg. Heute bietet die NLGR dem Bedürfnis der Literatur-Szene nach Sich-Zeigen und Gesehen-Werden eine irenische Arena: Nominierte kommen ohne Hauen ins Stechen.

Des Lebens Ruf an mich: Ein Zeichen setzen
Zu Anfang vergaß ich den Punkt am End
  Zum Glück sah ich darin mein Fundament
    Bald verschluckte ich Sil
     denn es sollt nicht vergil
  ben Reimschreibers keimendes Grundtalent

Aus Spaß an Freud: Mein Pfad zum Zen
Hatte - früher - neurot'sche Tendenzen:
Ich bestand auf absurdesten Trenngren-
    zen, auch kam ich kaum
     aus mit dem mir von der Formnorm vorge
         schriebenen Raum
und gab kurz vorm Ziel auf bei Senten

Zwanghaft dramatisch? Maßlos übertrieben!
Doch mein schlimmster Fehler beim Dichten
wie im Leben war -früher- mitnichten
    zu wenig Ideen,
    die in mir entstehen
    als Neuro-Geschehen
    im Schreibhandumdrehen.
    Zum Fehler stehen,
    und Strafrunden drehen,
    das war mein Vergehen.
    Das war kein Versehen!
    Heut' kann ich's gestehen:
Konnt' auf keine Pointe verzichten!

Esotörichter Grenzgänger:
Trifft's dich, ist's triftig
Wenn es mich traf, dann wusst ich: So musst es.
Denn ich kam kaum umsonst ins Prokrustes-
    bett, wo ich langgemacht,
      eingestaucht, bang gemacht.
Längst gebucht hatt's mein Unterbewusstes.

Was ist das? Satire? Groteske? Humoreske? Bur-
leske? Ein Treppenwitz. Eine neue, fast balladeske
Textart. Ein Prototyp, ohne KI generiert und im Flow
einer Eulennacht designt: Die Kuriose ist ein Ganz-
KleinkunstStück, das heillose Interna offen Revue
passieren lässt. Auf Augenzwinkerhöhe mit dem Lese-
Komplizen wirkt sie Gehalt in Form. Prosaisch ver-
dichtete Brücken verbinden gereimte Lyriknummern.
Viel Sitzfleisch tobt süchtig, weil der Geist hin- und
herwuselt: Kaum isser da, isser schon wieder weg.
Wir spüren Sinnklangfetzen im Zickzackkurs nach
und spinnen unverlierbare rote Ariadnefäden bis
dorthinaus.

Dialektik, didaktisch
Den Weltgeist da aufheben, wo er im Regen liegt
Wer sich nicht wehrt, lebt verkehrt, lehrt Herr Brecht.
Doch wer sich sperrt, wird gezerrt, plärrt Gern Knecht,
    der's, als sie stritten, wieder erlitten.
    (Wehrn Lernn war wider Knechts Herrschaft Sitten.)
Verkehrt gelehrt, Bert. Wehrn statt sperrn, Gern. Nochmal,
    beide, jetzt recht.

Die Kuriose liebt Skurriles bis Glatteis, Kunst und
Kritik, Zitate gegen Plagiate, Knecht mit Magister,
Leib samt Seele, Sinn für Irrsinn in Bekenntnis wie
Protest. Humor mildert Traumen zu gemeisterten
Brüchen. Schreiben als Redekur. Umtriebige Gedan-
kengänge drängen ans Licht mit dem Anspruch, sich

oben neu auszubalancieren und im Chaos ein Stück Kosmos zuzulassen. Oh wie süß (_), herzlich (_), zartbitter (_) ankreuzen und einmischen! Zwischen den Zeilen spielen sich wunschgemäß Glasperlen auf in Gestalt von Funktionsfußbekleidungen zum Bergsteigen, Mermaiding, Stepptanzen etc. – Wähle und bezahle.

Ende offen: EXPOnentielles Aha-Erlebnis
Um das Bildwerk der doppelten Helix
schritt ich faustisch umher: «Ich versteh nix.
    Das Leben? Hat es Sinn?
    Die Gene? Wer ich bin?
                Felix, OM–HAha–HUM»

        licher

      reim-

    nament-,

   glück-,

  kein

  _Zwar

Bin!

Franziska Thiel

Verborgene Erinnerungen

Mit zitternden Fingern riss ich den Umschlag auf. Warum kamen unangenehme Nachrichten immer am Wochenende? Finanzamt, Rechnungen, Arztbriefe. In meinen Händen bebte Letzteres. Ich schloss die Augen und wusste gleichzeitig, dass ich sie nicht länger verschließen durfte. Irgendwie schaffte ich es, mich mit wackeligen Knien an den Küchentisch zu setzen. Mein Blick glitt über Oma Helenes zierliche Tasse mit Blümchenmuster, die so zerbrechlich wirkte wie meine eigene Fassade. Ich seufzte und las das Schreiben: Demenz.

Die Buchstaben verschwammen vor mir, ich kämpfte gegen die unaufhaltsam ansteigenden Tränen an. Jetzt nicht, nicht während Oma nebenan schlief. Ja, die Ärztin im Krankenhaus hatte es angesprochen, und ja, der nette Hausarzt auch. Aber es schwarz auf weiß vor sich zu haben ist eben etwas anderes. Oma lächelte unangenehme Gespräche stets mit vornehmer Zurückhaltung weg. Ihre Lieblingssprüche bei schlechten Nachrichten: «Halt dich gerade Jette!» Oder: «Aufstehen, Krone richten und weiter geht's!»
Ich straffte den Rücken.
Demenz.
Diese sechs Buchstaben verfolgten mich Tag und Nacht, 24/7 allgegenwärtig. Ich habe Dr. Internet um

Rat gefragt, keine gute Idee. Ich habe eine Flasche Wein befragt, auch nicht viel besser.

72 Jahre, fünf Monate und zweiundzwanzig Tage. Ein langes Leben. *Ich bin ihr Glück und halte sie jung*, sagte sie stets. Seitdem ihre Wohnung vor fünf Jahren abbrannte (angeblich ein defektes Kabel), wohnten wir zusammen. Sie hatte nur noch mich.

Ein Lächeln stahl sich auf meine Lippen, als Omas nasaler Aufwach-Schnarcher ihr Erscheinen ankündigte. Wie sollte ich es ihr beibringen?

«Zieh die Stirn nicht so kraus, das gibt Falten», sagte sie, und setzte sich schmunzelnd mir gegenüber. Langsam löste ich mich aus meiner Starre und legte den Brief zur Seite. Ihre Augen folgten dem Papier, sie schwieg.

Vertraute Geborgenheit durchströmte meinen Körper, als ihre warme Hand meine umschloss. Wie lange werden wir diese Zweisamkeit noch genießen können?

Stück für Stück wird die Demenz ihr Gehirn zerfressen. Meine Hände ballten sich zu Fäusten, als ich erkannte, dass ich nichts daran ändern konnte.

«Was?», nuschelte ich, noch immer in Gedanken versunken.

«Wir machen heute einen Ausflug», wiederholte Oma ihre Worte mit glänzenden Augen und nippte vorsichtig an ihrem kalten Kaffee. Mal ganz was Neues, sonst reichte ihr der kleine Garten hinterm Haus.

«Okay... und wohin?», fragte ich.

«Was meinst du, Kind?», sagte sie und blickte ratlos zu mir.

Ähnliche Gespräche der letzten Wochen zogen an mir vorüber. Als ob die Worte und Gedanken nicht mehr in ihrem Kopf bleiben wollten und wie ein ungebremster ICE durchrauschten.

«Den Ausflug, Oma.», sagte ich und schämte mich sofort für den vorwurfsvollen Ton in meiner Stimme.

Ich räumte die Tassen in die Spüle und beschloss, später aufzuwaschen. Jetzt gab es Wichtigeres.

«Ausflug? Heute?», fragte sie und spähte mit zusammengekniffenen Augenbrauen durch die Gardine. «Ich glaube, es gibt Regen, aber wenn du meinst...»

Sie verschwand in ihrem Zimmer. Der knarzende Kleiderschrank verriet, dass sie sich anzog. Also wieder mal Planänderung. Ich wollte heute Blumen pflanzen, aber das rannte nicht weg. Nicht wie Omas Gehirn, das sich immer weiter entfernte.

Zehn Minuten später saß Oma Helene kerzengrade auf dem Beifahrersitz. Sie mochte Autofahren nicht besonders. «Ich mag Kutschen lieber, bis letztens bin ich noch Kutsche gefahren», erklärte sie mir vor einer Woche. Kutsche also. Na gut.

Als Ziel für heute wählte ich das kleine Schloss im Nachbarort. Mist. Straßensperrung. Kurzum bog ich in einen buckeligen Waldweg, den Oma als Abkürzung bezeichnete. Ich nannte es eher einen Umweg, doch heute wollte ich nicht auf die Uhr schauen.

«Stopp!», schrie Oma.

Mit quietschenden Reifen kamen wir zum Stehen. Mein Herz hämmerte wie wild gegen meinen Brustkorb. Oma hingegen saß tiefenentspannt neben mir, öffnete die Tür und lief zielstrebig in den Wald. Hastig griff ich meinen Schirm und folgte ihr. Das Unterholz knackte unter meinen raschen Schritten, während mich Steine ins Stolpern brachten und spitze Zweige in mein Gesicht schnippten. Oma hingegen umschiffte diese Hindernisse elfengleich, ganz so, als stürmte sie nicht das erste Mal hier entlang.

Vor uns öffneten sich die Tannen zu einer kleinen Lichtung. «Hier sind wir richtig!», rief Oma, riss lachend ihre Arme zum Himmel und drehte sich unbeschwert im Kreis.

Schmunzelnd speicherte ich das Bild ab und sog den würzigen Harzduft tief in meine Lungen, bis die Realität mich wieder einholte.

Demenz, das Wort hallte in meinem Kopf wider.

Wann wird sie vergessen, wie sie mir einen Stuhl vors Bett stellte, damit ich nicht rausfiel? Oder meine Knie mit Pflastern verarztete? Das Rezept meiner Lieblings-Schokotorte? Nach einigen versalzenen, angebrannten Versuchen von Oma übernahm ich das Backen mittlerweile.

«Komm her, Liebes, und genieß die Natur», sagte sie vergnügt, während die ersten Regentropfen bereits den Wetterwechsel verkündeten. Ich spannte den Schirm auf.

Mein Herz setzte einen Schlag aus als Oma plötzlich neben einem großen Stein zusammensackte. Ungerührt kramte sie aus ihrer Handtasche eine Geldkarte hervor, drehte sich um und...

Nein, Oma, das ist kein Bankautomat. Sanft legte ich meine Hand auf ihre Schulter und spürte ihre kraftvollen Bewegungen. Sie ließ sich nicht beirren. Verwundert stellte ich fest, dass sie grub.

«Oma...»

«Nein, Jette jetzt nicht!»

Ihre linke Hand verschwand wieder in ihrer Tasche und sie reichte mir die Krankenkassenkarte. «Grab», forderte sie mich auf. Lassen Sie Ihre Oma so normal wie möglich weiterleben und seien Sie einfach an ihrer Seite - die Worte der Oberärztin hallten in meinem Kopf wider. Also kniete ich mich neben sie und begann zu buddeln. Wir arbeiteten uns durch feuchtes Moos und nasse Erde. Schicht um Schicht trugen wir die modrigen Lagen, inzwischen mit bloßen Händen, ab.

«Da bist du ja», sagte Oma Helene liebevoll und klopfte auf etwas Hartes.

Ich schnappte nach Luft, als sie mir mit strahlendem Lächeln eine kleine, schlammverkrustete Eisentruhe reichte. Omas Augen ruhten auf mir, wie früher. Der *Hör-mir-zu-und-unterbrich-mich-nicht-Blick*. «Ich weiß nicht, wie viel Zeit mir noch bleibt. Aber ich weiß, dass ich dich liebe und immer für dich da bin, auch wenn...» Sie stockte und legte ihre nassen Arme um mich. «Auch wenn ich bald nicht mehr die sein werde, die ich war. Ich weiß es, mein Kind, es ist okay», sagte sie und lächelte tapfer. Meine Finger krallten sich fester um das rostige Kästchen, als könnte ich den Moment für immer festhalten und er würde mir entgleiten, wenn ich losließe.

Gänsehaut überzog meinen Körper, während Donnergrollen durch die bebenden Tannen über uns toste.

Sie wusste es. Schon früher spürte Oma Dinge, bevor ich sie aussprach. Sie fühlte, wenn ich ihre Hilfe brauchte und stand immer an meiner Seite. Jetzt werde ich mich revanchieren.

«Das hier haben mein lieber Hans und ich am zwölften Mai 1995 vergraben.»

Ich sog scharf die Luft ein. Opa starb im Herbst des Jahres an Krebs. Mit glasigem Blick nickte sie mir zu, als ich mit steifen Fingern den Deckel öffnete. Lavendelduft umspielte meine Nase. Oma Helene hatte nie viel von Opa gesprochen. Er war die Liebe ihres Lebens, die erste und einzige. Oma hielt den Schirm fest umklammert, während ich unseren Schatz inspizierte. Vorsichtig glitten meine Finger über uralte Briefe und zahlreiche vergilbte Fotos, auf denen Oma frech in die Kamera grinste. Mein Herz füllte sich mit Wärme.

«Genau hier haben wir stundenlang gesessen und uns die Zukunft ausgemalt, dein Opa und ich. Unsere Erinnerungen sollen dir gehören. Und nun lass uns reden, solange mein löchriges Hirn noch mitspielt!»

Zärtlich wischte sie mir die Tränen von den Wangen,

und ich lauschte, umhüllt von prasselndem Regen und Blitzen am Himmel, ihrer sanften Stimme.
Ich konnte mir keinen schöneren Ort vorstellen.

Brigitte Vollenberg

Ein Kühlschrank steht im Walde ganz still und stumm

Umweltgerecht entsorgt müsste ich werden. Auf den Sondermüll hätte meine Familie mich bringen müssen, was immer das zu bedeuten hatte. Es war nicht meine Absicht, mich klimaschädlich zu verhalten und das Ozonloch wollte ich ebenfalls nicht vergrößern. Aber Einfluss darauf, was mit mir geschah, hatte ich am Ende meiner Lebenszeit nicht.

Sie stoppten vor geschlossenen Toren. Kurzerhand wendeten sie den Wagen und fuhren mit mir aus der Stadt heraus. Grüne Felder und Wiesen flitzen an mir vorbei. Es berauschte mich. Die Bäume standen Spalier, während ich festgezurrt auf der Ladefläche des Pick-ups an ihnen vorbeifuhr. Der Wechsel von einer ebenen Landstraße auf einen Waldweg ließ mich erschaudern. Ich wurde hin und her gerissen und nur die Spanngurte bewahrten mich davor, von dem Wagen herunterzufallen. Die kräftigen Männer meiner Familie stöhnten, als sie mich hier an diesem fantastischen Ort abluden. Es dauerte nicht lange und ich hatte mich etwas beruhigt und ein seltsames Glücksgefühl erfasste mich.

Die Sonnenstrahlen fielen durch das Blätterdach, tanzten auf meiner weißen, arg verkratzen Oberfläche.

Und erst die Ruhe, die mich umgab. Weder das Läuten eines Telefons, noch das Plärren eines Radios nervten mich. Ebenso blieben das Geschrei und Gezeter von unerzogenen Kindern meinen Ohren fern. Die Geräusche meines Alltags waren verstummt. Ruhe umhüllte mich. Ein leises Säuseln und Rauschen des Windes nahm ich wahr. Er trieb sein Spiel mit den Blättern. Dicke borkige Stämme umringten mich, schirmten mich regelrecht ab. Manchmal knisterte es zaghaft im Geäst. Ich fühlte mich so sicher, so beschützt. Große kräftige Ameisen krabbelten an mir hoch. Sie kitzelten mich. Aufgeregt unterzogen sie mich einer Begutachtung. Die Neugier sah man ihnen an. Ein winziger Hase rieb sich sein Fell an meiner Flanke. Oh! Wie weich und zart empfand ich diese Berührung. Gut, dass ich gerade nicht mehr energiegeladen war, sonst hätten meine Geräusche das kleine Wesen sicherlich erschreckt. Die Luft roch frisch und erfüllte all meine Fugen und Ritzen.

«Kommt her, ihr Vögel und Hasen, ihr Tiere des Waldes. Ich grüße euch. Ich bin ja so froh, dass es mir gestattet ist, an diesem idyllischen Fleckchen Erde auf weichem duftendem Moos gebettet, mit euch gemeinsam in einem Stück unberührter Natur zu verweilen.»

Das erste Licht der Morgensonne warf die Schatten dicker Baumstämme auf mich, die sich groß und schlank vor mir in den Himmel streckten. Mein neuer Hausherr, wie mir schien, stand einige Meter entfernt vor mir. Ein riesiger Hirsch starrte mich mit seinen dunklen Augen an. Verwunderung spiegelte sich darin. Er dampfte aus seinen Nasenlöchern. Seine Kopfhaltung strahlte Erhabenheit aus. Das Geweih auf seinem Kopf flößte mir Angst ein. Aufmerksam beobachtete er die Umgebung und auf ein kurzes Kopfnicken traten weitere Tiere aus dem

Dickicht hervor. Das Rudel bestand aus weiblichem Rotwild mit Nachwuchs. Die Rehkitze hüpften ausgelassen über den Waldboden.

«Was willst du hier? Wo kommst du her? Du machst auf uns einen exotischen Eindruck. Wir wollen die Schönheit des Waldes nicht mit dir teilen. Du bist ein Fremdkörper in unserer Welt.»
Ich wagte, nicht zu antworten, und rührte mich nicht.
«Du gehörst nicht zu uns, du wirst uns nur Schaden zufügen», tönte seine röhrende Stimme durch den Wald. «Deine Innereien sind nicht organischer Natur, sie werden uns in diesem Paradies nicht guttun.»
Die Worte taten weh, aber ich wusste, er hatte recht. Ein elektrischer Kühlschrank mit Gefrierfach gehörte in die Küche der Menschen und nicht in den Wald. Und wenn er seine Aufgaben erfüllt hat, ist sein Schicksal vorbestimmt, zum Schutz der Umwelt. Ich machte mich klein, schämte mich meiner Anwesenheit. Aber insgeheim war ich glücklich, gesehen und gespürt zu haben, was eine intakte Umwelt außerhalb meiner Küche bedeutete. Jetzt konnte ich mich in Ruhe zurücklehnen und auf meine Familie warten. Sie werden mich wieder abholen, dachte ich. Es ist ihre Aufgabe, mich der umweltgerechten Entsorgung zuzuführen, das hatten sie bei meinem Kauf damals testiert. Nach einiger Zeit kamen mir Zweifel. Hoffentlich kommen sie bald! Oder hatten sie mich ausgesetzt, wie einst Hänsel und Gretel von der bösen Stiefmutter?
Der Flügelschlag einer großen Eule erschreckte mich. Sie landete auf meiner weißen Oberfläche. Ihre mächtigen Krallen fanden keinen Halt und sie schlitterten ein wenig bei der Landung, bevor sie kurz vor der Kante zur Ruhe kam. Sofort ergriff die Eule das Wort.
«Du kannst hier solange stehen bleiben, bis du

wieder abgeholt wirst. Aber ich warne dich, halte deine Treibhausgase und Kältemittel unter Verschluss. Solltest du unser Ökosystem stören, dann werden wir andere Maßnahmen ergreifen müssen, du alter abgewrackter Stromfresser.»

Dann breitete die Eule ihre Flügel wieder aus und folg davon.

Wie hatte mich dieses Federvieh genannt, einen Stromfresser? Das war der Grund, warum ich einem neuen Kühlschrank weichen musste, der jetzt an meiner Stelle in der Küche stand, an der ich viele Jahre meine Dienste verrichtet hatte. Also doch Hänsel und Gretel fuhr es mir durch das Kühlsystem. Sie wurden auch ausgesetzt, weil die Familie sie nicht mehr ernähren konnte.

Ein Motorengeräusch riss mich aus meinen traurigen Gedanken. Die Waldtiere, die mich lange beobachtet hatten, stoben davon. Ein dunkelgrüner Landrover näherte sich. Fluchende Männer stiegen aus und zogen derbe Arbeitshandschuhe an.

«Da vorne steht der Elektromüll. Wenn ich jemals einen erwische, der hier seinen Schrott entsorgt, dann Gnade ihm Gott», hallte es durch den Wald.

Meine Tür wurde aufgerissen und mit einem heftigen Fußtritt wieder geschlossen.

«Leer», sagte einer der Männer.

«Was hast du erwartet? Meinst du, die Banausen haben dort extra für uns ein paar Fläschchen gut gekühltes Bier deponiert.»

Ich wurde gepackt und unsanft auf eine Ladefläche geworfen. Meiner aufrechten Position beraubt lag ich auf dem Rücken und wurde hin- und hergerissen. Ich sah kaum noch etwas vom Wald. Einige Bäume, die ihre Baumkronen weit über den Weg ausgebreitet hatten, huschten vorbei. Mir schwanden die Sinne.

Als ich wieder aufwachte, packten mich zwei Männer

in orangefarbenen Overalls und bugsierten mich nahe an zwei meiner Kühlschrankkollegen heran. Wir warteten gemeinsam darauf, entsorgt zu werden.

Nachts, als sich die Geschäftigkeit auf dem Betriebshof gelegt hatte und Ruhe einkehrte, lauschte ich den Geschichten meiner Leidensgenossen. Als ich an der Reihe war, und mein eindrucksvolles Walderlebnis zum Besten gab, wurde ich bestaunt und die anderen Kühlschränke beneideten mich um die Erfahrung, den mir der kleine Umweg in den Wald beschert hatte. Alle ausrangierten Modelle verharrten nach meinem Abenteuer und gaben sich ihren Erinnerungen hin. Das Mondlicht fiel durch die schmutzigen Oberlichter der Lagerhalle und erhellte kurz unsere lädierten Oberflächen.

In aller Frühe öffnete sich die Tür zur Halle und ein kleiner Transporter setzte rückwärts in den Raum. Wir drei, die so nahe beieinanderstanden, wurden vorsichtig eingeladen. In dem Moment, in dem ich an der Reihe war, sah ich den Schriftzug auf der Wagentür: Reparatur-Café des Seniorenbeirates. Mein Ende war noch nicht besiegelt. Ein leichtes Kribbeln huschte durch meine Leitungen. Ob es Reststrom war? Oder war es die Aufregung, weil ich einen Aufschub bekam. Ich würde die Gelegenheit bekommen und eine Zeit lang in Geselligkeit verweilen, wie mich das Wort Café vermuten ließ. Und wenn ich wieder funktionstüchtig geschraubt wurde, wer weiß, wie lange sich mein Lebensende dann noch hinauszögerte.

Detlef Wendt

Ohne Umweg nach Herten

Man hatte mir eine Stelle als Architekt beim Planungsamt und eine Wohnung in Recklinghausen angeboten. Die Menschen im Ruhrgebiet sind unkompliziert, dachte ich und sagte zu. Als mein Zug in den Bahnhof einfuhr, war der Bahnsteig leer. Ich murmelte vermutlich etwas zu laut, dass nicht viele Recklinghausener mit dem Zug fahren. Eine Frau neben mir meinte entrüstet, es hieße Recklinghäuser. Ich sah sie ungläubig an. Sie versuchte, zu lächeln, was misslang und nickte dabei heftig.

Merkwürdig, sagte ich zu ihr, vorhin beim Umstieg in Oberhausen hätte ich einen Bahnmitarbeiter gefragt, ob er sich in Oberhausen auskenne, weil ich da noch etwas habe erledigen wollen. Klar, habe er geantwortet, er sei gebürtiger Oberhausener. Ich fragte sie, wieso man die dortigen Einwohner Oberhausener, die hiesigen dagegen Recklinghäuser nenne. Ihre Augen zuckten mit den Schultern. Ich stieg aus.

Am folgenden Tag dachte ich, es sei das Beste, mit dem Fahrrad die Gegend zu erkunden, um meine neue Wahlheimat kennenzulernen. Mein Vermieter arbeitete im Vorgarten und fragte mich, wo ich hinwolle.

«Nach Haltern am See», sagte ich fröhlich, «über die Halterner Straße Richtung Norden.»

«Prima Idee», meinte er, «aber die Halterner Straße führt nach Marl.»

«Dann nehme ich halt Plan B und fahre in Richtung Westen auf der Dorstener Straße nach Dorsten», erwiderte ich.

«Auch eine prima Idee», meinte er, «aber die Dorstener Straße führt auch nach Marl.»

«Führen alle Straßen nach Marl? Ist Marl das neue Rom?» fragte ich ihn. Er schüttelte den Kopf und sagte, das sei purer Zufall.

«Wo komme ich an, wenn ich auf der Dorstener Straße bleibe?», fragte ich.

«Irgendwo in Marl», antwortete er, «sie endet dort.»

«Warum auch nicht», sagte ich, «schließlich muss alles mal ein Ende haben.»

«Nein», widersprach er, «die Straße geht schon weiter, nur unter anderem Namen.»

«Unter welchem?»

«Marler Straße», sagte er.

«Wo führt die Straße hin?» fragte ich, «etwa nach Haltern, als Gegenleistung für die Halterner Straße, die nach Marl führt?»

«Nirgendwo hin», antwortete er, «sie endet in Marl. Sie ist ziemlich kurz.»

«Klingt plausibel», sagte ich. «Genauso hätte ich es auch geplant. Wenn ich nämlich von Marl nach Marl fahren will und keine Ahnung habe, wie ich dahin komme, folge ich einfach der Marler Straße und schon bin ich da. Man sollte allen innerstädtischen Straßen den Namen der eigenen Stadt geben, das würde die Orientierung stark vereinfachen. Keine Umwege mehr, keine Gefahr, sich zu verfahren.» Ob die Marler ein bisschen plemplem seien, fragte ich ihn. Er sah mich irritiert an. Er kenne einige Marler, die ganz in Ordnung seien, sagte er.

«Jedenfalls scheinen sie unentschlossen zu sein», sagte ich, «kaum haben sie eine Straße begonnen, hört sie auch schon wieder auf. Was kommt nach der Marler Straße? Eine raue und karge Moorlandschaft?»

«Die Straße geht immer noch weiter», sagte er, «als Recklinghäuser Straße.»

«Und auf der kann man dann zurück nach Recklinghausen fahren?» fragte ich.

«Wieso sollte man? Da kommt man doch gerade her», sagte mein Vermieter.

Ich nahm meinen Fahrradhelm ab. «Nur damit ich das nicht falsch verstehe», sagte ich, «wenn ich in Recklinghausen westwärts auf der Dorstener Straße fahre, komme ich in Marl an. Der Marler Bürgermeister möchte aber keine Dorstener Straße durch seinen Ort führen. Er findet in der hintersten Ecke seines Büros ein einsames Straßenschild mit der Aufschrift «Marler Straße». Das lässt er aufstellen. Leider hat er nur eins davon, deshalb versumpft die Straße nach wenigen Metern. Aber der Bürgermeister ist stur und will die Straße nicht aufgeben. Ein neuer Name muss her. Der Recklinghausener, Entschuldigung Recklinghäuser Bürgermeister hat ein Einsehen mit seinem Kollegen und bietet ihm ein paar Straßenschilder mit der Aufschrift «Recklinghäuser Straße» an. Alle sind glücklich und die Recklinghäuser Straße ist geboren. Und auf der kommt man dann nach Dorsten? Richtig?»

«Nicht ganz», sagte er, «die Recklinghäuser Straße hört nach kurzer Zeit wieder auf.»

«Lassen Sie mich raten», sagte ich, «in Marl?»

«Mhm», brummelte er.

«Die Marler sind nicht unentschlossen, die sind verstört», sagte ich. Er schwieg.

Ich fragte ihn, warum er sich so gut auskenne. Er habe früher ein Taxiunternehmen gehabt, sagte er. Ob er Lust habe, mir als Zugereistem ein bisschen Ortskunde beizubringen, fragte ich ihn und setzte mich auf die Mauer vor seinem Haus.

«Klar», sagte er, «ich hole uns zwei Flaschen Bier, dann spricht es sich leichter.»

«Warum heißt die Halterner Straße in Recklinghausen, die nicht nach Haltern, sondern nach Marl führt, nicht Marler Straße?» fragte ich ihn und nahm einen Schluck.

«Geht nicht», sagte er, «die gibt's doch schon».

«Aber doch in Marl, nicht in Recklinghausen», wandte ich ein.

«Stimmt», gab er kopfnickend zu.

Schweigend tranken wir ein paar Schlucke. Nach der Hälfte der Flasche bot er mir das Du an.

«Und ich dachte, ihr Ruhrgebietler seid unkompliziert.»

«Sind wir», sagte er.

«Habt ihr noch mehr solche Knüller?» Ich sah ihn erwartungsvoll an.

Er überlegte. «Die Herner Straße beginnt und endet in Recklinghausen.»

«Scheint Methode bei euch zu haben», sagte ich.

«Schon möglich», brummte er.

«Wurdest du eigentlich hier geboren?» fragte ich nach einer Weile.

«Nee», sagte er, «in Herne».

«Auf welcher Straße kommt man von hier nach Herne?» fragte ich.

«Auf der Bochumer», antwortete er kleinlaut.

«Überrascht mich jetzt nicht», sagte ich.

«Habt ihr auch Straßennamen von großen Städten?» fragte ich nach einer Weile.

«Sicher», sagte er, «Dortmund und Münster fallen mir als erste ein.»

Ich sah auf meinen Stadtplan. «Warum schreibt man die Dortmunder Straße getrennt, die Münsterstraße aber zusammen?»

«Straßennamen, die auf «er» enden, schreibt man getrennt», klärte er mich auf, «alle anderen zusammen. Und da Dortmunder auf «er» endet, schreibt man sie getrennt.»

«Dann steht das hier in meinem Plan falsch», sagte ich.

«Wieso?»

«Münsterstraße schreiben die hier auch mit «er», eigentlich müsste es dann wohl mit «a» geschrieben werden, also Münsta.»

«Nee», sagte er, «Münster schreibt man auch mit «er».

«Warum schreibt man die Münsterstraße dann zusammen?» fragte ich ihn.

«Keine Ahnung», antwortete er. «Vielleicht, weil sie so kurz ist?»

«Noch kürzer als die Marler Straße in Marl?», fragte ich.

«Wesentlich kürzer», sagte er, «sie beginnt an einer Kneipe und endet an einer.»

«Verstehe», sagte ich, «Münster ist ja auch eine Studentenstadt, da wird halt gebechert, bis der Papst kommt.»

Ich fand, es war Zeit für eine weitere Flasche. Fahrrad fahren wollte ich eh nicht mehr. Ich holte zwei Flaschen aus meiner Wohnung.

«Wohin führt die Dortmunder Straße?» fragte ich und schnippte die Kronkorken von den Flaschenhälsen.

«Nach Oer-Erkenschwick», sagte er gepresst. Als ich ihm die Flasche gab, glaubte ich, ein paar Tränen in seinen Augen zu sehen.

Erneut warf ich einen Blick auf meinen Stadtplan.

«Die Castroper Straße, führt die wenigstens nach Castrop?», fragte ich.

«Endet noch in Recklinghausen», sagte er.

«Wie die Münsterstraße», ergänzte ich.

«Wie die Marler Straße in Marl», sagte er.

Einen kurzen Augenblick dachte ich daran, beim Planungsamt hinzuschmeißen, noch bevor ich einen Fuß in mein neues Büro gesetzt hatte.

«Habt ihr wirklich keine einzige Straße, die hier beginnt und exakt in die nach ihr benannte Stadt führt?», fragte ich ihn.

«Doch», sagte er nach längerem Nachdenken freudestrahlend, «die Hertener Straße. Sie beginnt in Recklinghausen und endet in Herten.»

«Verrücktes Volk, die Hertener», sagte ich, «passen irgendwie nicht hierher» und hielt ihm meine Flasche hin, um auf das Ruhrgebiet anzustoßen.

Über die Autorinnen und Autoren

Marlies Blauth,

 geboren 1957, geboren und aufgewachsen in Dortmund, ist Lyrikerin und Künstlerin. Von ihr erschienen bisher vier Lyrikbände, außerdem sind ihre Texte in zahlreichen Anthologien veröffentlicht, u. a. in den meisten *Versnetze*-Ausgaben. Sie studierte Kunst, Biologie und Kommunikationsdesign und war 21 Jahre Lehrbeauftragte an der Universität Wuppertal. Marlies Blauth ist Mitglied beim VS und bei der GEDOK.

Jürgen Flüchter

 Der 1954 geborene, in Recklinghausen lebende Autor, ist Lehrer im Ruhestand, verheiratet und hat zwei Söhne.

Bei seinen Wanderungen, insbesondere in Südtirol, auf Island, Madeira und im Odenwald, entstanden die Ideen zu seinen Romanen. - Die Fantasy-Trilogie um die Parallelwelt *Elbanor* verknüpft Ereignisse aus der Geschichte mit bekannten Sagen und der germanischen Mythologie. In seinem neuesten Werk *Die unerwartete Odyssee des Jens H.* treffen Neuzeit und – durch eine unvorhergesehene Zeitreise – das Griechenland aus Homers *Odyssee* aufeinander.

Ira Freyaldenhoven,

1971 im Rheinland geboren, zog es nach ihrem Studium in Köln als Gymnasiallehrerin und Psychologische Beraterin nach Bielefeld, wo sie auch heute noch lebt und schreibt.

Ihr erster Gedichtband *Zuneigung* erschien 1995 im Kiefel-Verlag, es folgten ein Fachbuch und Veröffentlichungen in Anthologien. Ihre literarischen Schwerpunkte sind neben Gedichten vor allem Kurzgeschichten und Aphorismen. In ihrer Freizeit ist sie gerne in der Natur unterwegs und begeistert sich neben dem Schreiben auch für Fotografie, Schach und klassische Musik.

Marcel Ifland

wurde 1988 im Ruhrgebiet geboren und hat es bis heute, wider Erwarten, nicht dauerhaft verlassen. Bereits zu Schulzeiten begann er mit dem Verfassen von Kurzgeschichten. Nach Beendigung der Schullaufbahn absolvierte er eine handwerkliche Ausbildung und ist bis heute hauptberuflich als Elektromonteur für Tankstellentechnik unterwegs.

Von 2007 bis zum Ende des Projekts im Januar 2018 war Marcel Ifland einer der Hauptautoren der satirischen Internetenzyklopädie *Stupidedia.org*, einer Parodie auf die Wikipedia. Ab Sommer 2019 hat er seine Aktivitäten vermehrt auf die Bühne verlagert und ist regelmäßiger Gast Poetry-Slams. Sein erster Kurzgeschichtenband *Makaken und andere Katastrophen* erschien im Dezember 2023.

Markus Jöhring

Die Arbeiten des Künstlers Markus Jöhring sind an den Schnittstellen zwischen Malerei, Design, Fotografie, Street Art und Literatur zu verorten. Er studierte an der FH Dortmund und war dort Schüler von Prof. Pitt Moog. Text und Bild sind in seinem Werk untrennbar miteinander verbunden.

Insbesondere wird dies bei dem Format *Porzellan-Alarm* deutlich. Kurze Textbotschaften in Kombination mit prägnanten Zeichnungen auf gebrauchtem Porzellan zeichnen ein Bild unserer Gesellschaft und dem Phänomen »Mensch«. In Recklinghausen lädt er seit vielen Jahren immer wieder Künstlerinnen und Künstler zu gemeinsamen Ausstellungen und Kunstaktionen ein.

Lydia Koelle,

geboren in Düsseldorf, wohnt in Bonn; Geisteswissenschaftlerin und Autorin – Lyrik, Prosa, Essays; Mitglied im Literatur-Atelier Köln; Veröffentlichungen in Literatur-Zeitschriften und Anthologien; mit einem Prosatext in der Shortlist für den 7. Bonner Literaturpreis 2021; mit einem Gedichtzyklus in der Shortlist für den Salzburger Erostepost-Literaturpreis 2022.

Deine Winterreise ist ein Auszug aus dem Prosawerk *Schwerer werden. Celan-Monolog.*

Evelyn Langhans,

 geboren 1970, befasst sich beruflich und privat, wann immer möglich, mit Texten aller Art. Literatur begeisterte sie auch schon vor ihrem Germanistikstudium. Als Leserin und Schreiberin mag sie das Kurze, Präzise, Kondensierte. Texte, bei denen alles Überflüssige weg ist. Das Schreiben ist für sie Freiraum und Experimentierfeld. Es ermöglicht ihr, abseits des alltäglichen Funktionierens und Konsumierens etwas einfach so zu produzieren, ohne Pflicht. Sie lebt mit ihrer Familie in Bonn.

Dr. Anja Liedtke

 gewann mit einer Reiseerzählung über Shanghai den Bettina-von-Arnim-Literaturpreis. Es folgten Romane und Reiseerzählungen über Israel, David Bowie, eine sozial und ökologisch nachhaltige Gesellschaft sowie die Folgen des Nationalsozialismus für ihre Generation. Zuletzt erschienen zwei Nature-Writing-Bände: *Der Himmel ist altes Silber*, Dittrich Verlag 2023 und *Von Hängen fallen – Meraner Sammlung*, Achim Stegmüller, Anja Liedtke, Sabine Hey (Zeichnungen), Achter Verlag 2023. Die Autorin lebt im Ruhrgebiet und ist Mitglied im VS und in der GEDOK.

Zum hier vorliegenden Text: Geschrieben im Rahmen des Projekts *Alte Arbeit & neue Natur* (Fritz-Hüser-Institut) als Teil des aufbrüche – literaturfestivals [lila we:] 2025, gefördert von der LWL-Kulturstiftung im Rahmen des Kulturprogramms zum Jubiläumsjahr *1250 Jahre Westfalen*. Schirmherr des Kulturprogramms ist Bundespräsident Frank-Walter Steinmeier.

Kerstin Liemann

 wurde 1966 in Recklinghausen geboren, wo sie bis heute lebt und arbeitet. Nach beruflichem Umweg über eine Banklehre und die Arbeit im elterlichen Handwerksbetrieb wurde sie am Ende doch noch Lehrerin und erfüllte sich damit einen Kindheitstraum. Seither versucht sie, Pubertierenden nicht nur Englisch und Erdkunde, sondern vor allem auch Werte und Haltung zu vermitteln. Die Menschen gut sein zu lassen, wie sie sind – auch in der Literatur – das ist ihr erklärtes Ziel. Veröffentlichungen bisher in Anthologien, eine Novelle im Eigenverlag.

Jochen Mariss

 wurde in Köln geboren, hat Grafik Design in Bielefeld studiert und ist Mitbegründer des Verlags Grafik Werkstatt Bielefeld. Im Laufe der Jahre wurden tausende Gedichte und Aphorismen von ihm in Form von Postkarten veröffentlicht und machten ihn einem Millionenpublikum bekannt.

Außerdem sind zahlreiche Gedichtbände erschienen, sowie acht Kinderbücher, vielfach in Zusammenarbeit mit der Illustratorin Inga Maria Blinde. Nach dem Ausstieg aus dem Verlag hat er seinen Arbeitsschwerpunkt ganz auf die Form des Romans verlegt. Jochen Mariss lebt und arbeitet in Bielefeld, ist Vater eines erwachsenen Sohnes und spielt Saxophon beim Zentral Orchester finnischer Fischmärkte.

Kerstin Nethövel

 wurde 1971 in Essen geboren, wo sie auch lebt und in der Jugendhilfe arbeitet. Studium der Fächer Französisch und Deutsch in Paris, Bochum und Brüssel. Sie begann 2007 Kurzgeschichten und Erzählungen zu schreiben. Verschiedene Auszeichnungen, u.a. 2015 AstroArt Literaturwettbewerb: 1. Platz, 2020 Preisträgerin des 13. Nettetaler Literaturwettbewerbs. Veröffentlicht seit 2017 in Literaturzeitschriften und Anthologien, u.a. *Dichtungsring, erostepost, mosaik, etcetera, Die Rampe, Cognac & Biskotten.*

 ## Edith Niedieck

lebt in Köln und hat nach ihrem Studium an der Universität zu Köln als Senior-Texterin für führende Agenturen in Singapur und München gearbeitet. 2019 erschien ihr erster Kriminalroman. Seitdem wurden ihre Krimis in mehreren Verlagen veröffentlicht. Mit ihrem Kurzgeschichtendebüt *Totpunkt* war sie 2020 für den Literaturpreis Wortrandale Berlin nominiert. Weitere Literaturwettbewerbe brachten ihr Erfolge. Ihre Romane gelten als lebendiger, bildstarker und charismatischer Kriminalstoff. Edith Niedieck ist Mitglied bei den Mörderischen Schwestern und im Syndikat, dem Verein für deutschsprachige Kriminalliteratur.

Fanie Oakley (Pseudonym)

 würde gerne als Kunstschützin im Wilden Westen leben, als Abenteurerin auf hoher See, als Schafhirtin auf einer irischen Farm oder zumindest zusammen mit einer schwarzen Katze und einem großen Hund in einem VW-Bus durch die Welt fahren. Im echten Leben heißt sie anders, hat das, was man einen «anständigen Beruf» nennt und lebt in einer nordrhein-westfälischen Großstadt. Sie freut sich an den Absurditäten des Alltags und hat zahllose Ideen und Geschichten im Kopf, die sich dort im Regelfall häuslich einrichten und es nur ganz selten auf Papier schaffen. 2023 hat sie erstmalig an einem Schreibwettbewerb teilgenommen und dabei den Publikumspreis sowie den zweiten Platz des Fachjury-Preises des Mölltaler Geschichtenfestivals erhalten.

Sarah Roguschke

 Immer auf der Suche nach Inspiration bastelt sie auf Reisen z. B. in Mexiko, Japan, den USA an neuen Manuskripten, und auch an Texten für Literaturausschreibungen, u. a. 2022 Hauptpreis Prosa beim Hildesheimer, Literaturwettbewerb des Literaturbüros Hildesheim, 2023 Gewinnerin des SCIVIAS-Literaturpreises des Bistum Limburgs und des Haus des Doms in Frankfurt am Main (Gewinnertext wurde veröffentlicht in einer Anthologie), 2024 eingeladen mit einem Text zur Schreibwerkstatt auf Burg Ranis in Thüringen mit der Lyrikerin und Performancekünstlerin Kinga Tóth.

Sigune Schnabel,

 geb. 1981 in Filderstadt, Diplomstudium Literaturübersetzen in Düsseldorf. Verschiedene Preise, u.a. postpoetry.NRW 2018 sowie Wiener Werkstattpreis 2022. 2022 war sie Finalistin beim Lyrikpreis Meran, und 2023 erhielt sie Arbeitsstipendien der Kunststiftung NRW sowie des Ministeriums für Kultur und Wissenschaft des Landes Nordrhein-Westfalen. Einzeltitel zuletzt: *Die Zeit hat ihre Farbe verloren*, Geest-Verlag 2023.

Katrin Schön,

 geboren im April 1975 in Offenbach/Main, wuchs im hessischen Dörfchen Hochstadt auf. Nach ihrem Studium der Publizistik in Bochum arbeitete sie als Fachjournalistin in Hamburg, bevor sie ein Angebot als Pressesprecherin annahm und ihren Lebensmittelpunkt nach Köln verlegte, wo sie über 15 Jahre zu Hause war. Aktuell arbeitet sie als Director einer Fachmesse – noch immer in Köln – und wohnt in Essen. Sie ist Mitglied im Syndikat, Verein für deutschsprachige Krimiliteratur.

Heiner Schröder

ist 1956 als sechstes Kind der ersten-besten Familie im Kloster Marientstatt geboren und aufgewachsen im tiefsten, verschlafensten Hinterwesterwald, wo das Wirtschaftswunder noch Nachkriegszeit hieß. Der Sputnik-Schock schickte ihn aufs Gymnasium der Mönche. Als frühen Babyboomer prägte ihn sein gefühltes Wissen, immer genau der eine zu viel zu sein in der zu engen Wohnung, in den überfüllten Hörsälen, im Scheitelpunkt der Lehrerschwemme und überhaupt in der Welt. Eine Reihe privater wie beruflicher, aber letztlich gemeisterter Brüche machte ihn zu dem, was er heute ist: Ein selbstironisches Steh-auf-Männchen, das als genetischer Westfale den sich so nennenden rheinischen Frohnaturen zeigt, wie geistweiter und gemütstiefer Humor geht.

Franziska Thiel,

39 Jahre alt, lebt mit ihrem Mann und ihren drei Kindern in Bochum.

Zwischen dem Trubel des Familienalltags, ihrer Arbeit in der Verwaltung und der Leidenschaft für das Schreiben findet sie immer wieder Momente der Inspiration. Mit einer Tasse Kaffee an ihrer Seite schreibt sie Geschichten, die berühren, verbinden und zum Nachdenken anregen.

Brigitte Vollenberg

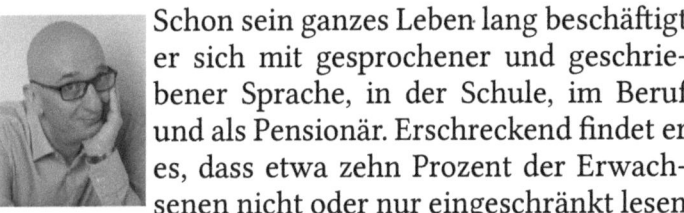

ist eine Gladbecker Autorin. Schreiben und Lesen sind ihre Leidenschaft. Sie hat eine Vielzahl von Kurzgeschichten in Anthologien, Geschichtensammlungen und Literaturzeitschriften veröffentlicht.
Ebenso hat sie einen Jugendkrimi geschrieben, einen Urlaubsroman und zuletzt einen Reise-Krimi, der in Schottland spielt. Sie engagiert sich für Kinder und Jugendliche besonders in Bezug auf das kreative Schreiben. Zudem unterstützt sie verschiedene soziale Projekte in ihrer Heimatstadt.

Detlef Wendt

Schon sein ganzes Leben lang beschäftigt er sich mit gesprochener und geschriebener Sprache, in der Schule, im Beruf und als Pensionär. Erschreckend findet er es, dass etwa zehn Prozent der Erwachsenen nicht oder nur eingeschränkt lesen und schreiben können. Noch erschreckender allerdings ist es für ihn, dass auch immer mehr Kinder sich diese Fähigkeiten nicht aneignen können, wollen oder dürfen. Dagegen muss etwas getan werden!

Bildnachweise:

Marlies Blauth © Andreas Blauth
Jürgen Flüchter © privat
Ira Freyaldenhoven © privat
Marcel Ifland © Olivia Kudela
Markus Jöhring © privat
Lydia Koelle © privat
Evelyn Langhans © privat
Anja Liedtke © privat
Kerstin Liemann © privat
Jochen Mariss © privat
Fanie Oakley © privat
Kerstin Nethövel © privat
Edith Niedieck © privat
Sarah Roguschke © privat
Sigune Schnabel © privat
Katrin Schön © privat
Heiner Schröder © Dilan Yazicioglu
Franziska Thiel © privat
Brigitte Vollenberg © privat
Detlef Wendt © privat

NEUE
LITERARISCHE GESELLSCHAFT
RECKLINGHAUSEN

Literaturfreunde, -kenner, -liebhaber
oder ganz einfach Interessierte sind
immer herzlich willkommen.

Wenn Sie mehr über die Arbeit
der NLGR erfahren möchten,
finden Sie uns unter

www.nlgr.de

www.literaturnacht-nrw.de

www.facebook.com/NLG.RE/

www.instagram.com/literatur_in_reck-
linghausen/